# 鼻に挟み撃ち

いとうせいこう



集英社文庫

目次

# 鼻に挟み撃ち

# 今井さん

今井さん、私は日々顔を洗いヒゲを剃《そ》り、髪と体を湯水で濡《ぬ》らしてはタオルで拭きとるのと同じように、毎日テープ起こしをして暮らしているのです。ご存知のように、今井さんのような出版社や新聞社の担当者の方から届けられる、かつてはカセットテープ、続いてそのおもちゃ版のようなマイクロカセット、そして今ではインターネット経由でダウンロードした音声ファイルから言葉を聴き取って、白壁にノミでくっきりと刻んでいくように少しずつ確実に文字へと打ち換える仕事です。

私になじみ深いのはやはり長い期間付き合ってきたカセットテープで、この世界に入った時に先輩たちに教わった仕組、足踏みミシンに似たパネルがつながった特殊なレコーダーでテープを再生し、中に吹き込まれたインタビューや対談を小刻みに聴いてキーボードを叩《たた》き、車のブレーキを踏むように停止ボタン部分を足で押しては、キュルキュルと雪山の小動物の悲鳴みたいな音を鳴らして時を少し戻し、確認のために再度同じ箇所を聴くとそのまま聴き込んでしまって文字起こしを忘れてしまう自分を抑えながらまた先に進み、時には再生の速度を二段階にわたって落とすことで低まった音声に耳を傾け、聴き取りを確実にします。そうやって片足で自在にテープの動きを操ることで、新種の耳飾りを思わせるほど長時間装着しているイヤホンからの声に集中し、キーボードに両手で素早く文字を打っていくわけです。かつてはカセットをレコーダーに差し込む時処刑前の首切り役人がそうだったろうように緊張したものですが、今ではすっかり慣れてしまって、むしろ新しい贈り物の包みを開けるくらいの軽々とした期待に胸を躍らせます。

こうしたカセットテープの作業は完全になくなったわけではなく、やはり今井さんなどがよく知っておられる通り、今でも古参の編集者などはテープの実際の回転が目に見える小型レコーダー、蟬《せみ》の目めいた赤ランプの点滅が音声の受信の具合を示してくれるアナクロな機械に安心するようなのですが、しかし実体の物質化しない音声ファイルの、つまりICレコーダーや最近ではまことに薄い形状のスマートフォンを使用しての録音ファイルのやりとりが、豪雨のあとの地滑り的な勢いで増え続けているのも事実です。

とはいえ、私の仕事の形態はほぼ変わりません。音声データをパソコン画面上の横長の小窓に映し出して、旗が風にたなびくようにゆっくり動くそれを、私はやっぱり足踏みミシンに似た、知らない人が見たら健康器具と間違いかねない黒いパネルで操作します。パネルの動きを逐一拾ってコンピュータへの指示に変換するソフトを使っているのですが、そのソフトが出るまでの期間、音声データを一度再生してカセットに録《と》り直すというばかばかしい面倒を余儀なくされ、その間じっと雑音をさせないように座り込み、対談なりインタビューなりを丸々一度拝聴しなければならなかったものでした。ありがたいことにそんな二度手間も長くは続きませんでしたが。

さて、以下は決して今井さんへのなんらかの思惑があって言うのではなく、出来るだけ正確に実情を話したいだけなのですが、私たちの仕事のギャラは当然、専門用語や人名の正確性に対するレベルによって変わるわけです。もちろん私はかなりいただいている方です。とはいえここだけの話、どんなに見事な文字起こしをしたとしても、値段は一時間の録音を再現して一万数千円程度であとは腕前を評価して幾ら足してもらえるかというところであり、一時間の内容を起こすには最低でもその三倍の時間がかかるのですから、決して時給のいい仕事とはいえません。

しかも価格破壊的に素人の学生が仕事を引き受けることもあって、むろん精度は低いのですがプロとしてはやっかいです。一度など、足踏みパネルさえ持っていない数人の集団がさかんに文字起こしの仕事を引き受けていると噂《うわさ》された時期があって、東南アジアの窃盗団のイメージで語られる彼らはマイクロカセットのレコーダーをキーボードの左に固定する台を自らホームセンターでみつくろった部品で作り、左手の小指だけでレコーダーの小さなボタンを操作するコツを覚えたというのでした。本当のことかどうかはわかりません。私の同業者との付き合いは長く途絶えており、唯一依頼主の編集者の方々などから時々、廃村の伝承めいた古めかしい業界の話を聞かされるだけだからです。

彼らは残り九本の指で文字を打つというのでした。この技術を彼ら自身「８９３」と符牒《ふちょう》めかして呼んでいたともいわれ、確かにキーボードからすれば彼らは左の小指を無くしたヤクザのごとき存在だからで、それは驚嘆すべき特殊な技術には違いなかったのでしたが、その集団の影はすぐに消えていきました。やはり私どもプロの速さと聴き取りの正確さ、多少の編集の有無は経験に裏打ちされており、そうでない仕事は訂正や確認といった二度手間を結果必要としますから、どんなに安いギャラでも利点は少ないのです。比べて私どもの仕事の出来は十二分に信頼出来たのに違いありません。これは是非今井さんにもご賛同いただきたいところであります。

ちなみに最近では劇的な変化も起きていて、音声データをいったんコンピュータのソフトに通して書字化する場合もあり、私も試してみたことがあります。データはまず、知能の低い翻訳ソフトから出て来たような意味の通らない、解読以前の古代文字群を連想させる記号、通常の意識では思いもつかないカタカナと平仮名とアルファベットの連なり、一文字ずつが小骨の集合にしか見えなくなるような美しくも奇怪な文になります。統一された視点を欠いたその文字群から、私はイヤホンの奥に響く声にしたがってあちらを拾いこちらを捨て、文節の切り間違いを正して意味をつなぎ直し、あたかも全身美容整形を施すようにひとつの文の流れを作り出すわけです。が、それはもはや文字起こしとは別な作業に近くなりますから、私はもう使わないでしょう。と言いますか、私は数年前に一度だけそれを試したきりで以後は一切無縁なのです。ですから、今回今井さんから留守電でご指摘のあった件と、この技術の使用はまったく無関係であること、どうぞご承知おき下さい。

もしもし、鵜殿さん、放牧社の今井秀雄です。お疲れさまです。あー、先日上げていただきました『詩人ビッグ対談・真冬の陣』の中で、ですね。あ、その節はありがとうございました。で、中にですね、幾つか実際の現場では出なかったように思われる文言がですね、えー、見受けられまして。まとめの際に鵜殿さん、付け加えられたのかなあ、と。穂積一徳さんが細かい方なんでゲラで疑念を呈しておられて、私もどうにも細かい人間ですんで確認の電話をいただきたいと思っておりまして。すいません。またかけます。

私自身のことをご理解いただくためにもう少しくわしく付け加えさせていただきますと、四半世紀ほど前、つまりこの仕事を始める以前、私はまだ大学三年生でホテル内の喫茶店でアルバイトをしていたのでした。ある日、打ち合わせなどにも使う広めの部屋から、熱いコーヒーと冷たいコーヒーをそれぞれ五つずつという、飲む側の好みは何も考えていないだろうような大ざっぱな注文が入りました。黒い蝶《ちょう》ネクタイをしめ直し、氷入りのピッチャーに水をたっぷり調えて部屋まで上がっていくと、中にカメラマンやスタイリストやメイクアップアーティストらしき人が立ち働いていて、その奥の丸テーブルに著名な女性作家と男性タレントが座っていました。女性作家は濃淡の違う緑色の布をたくさん重ね着していて、樹齢の深まった丈低い樹木にそっくりで、男性タレントは上下ともにワンサイズ小さなスーツとシャツを着ており、はちきれそうなハムのようでした。さらに、飲み物の受け取りのサインをするために席を立った編集者とは別にテーブルには薄い灰色のジャケットを着た中年男性がいて、背を丸めて一点を見つめているその人が、私には白いフクロウそのものに見えたのでした。そして、その男性の手元を見た途端、私は目が離せなくなったのです。大判のノートの上に、奇怪な、しかし簡素な絵のようなものが描いてありました。謎めいていました。男性の目の前には小さな銀の箱も置かれてあり、それが白フクロウの秘密のエサ箱であるかに感じられましたが、なんということもない、あとでそれが小型カセットレコーダーだったとわかりました。

　席に着いている人たちの分だけコーヒーの種類を聞き、それを私がサーブしているうちに、樹木とハムは話を始めてしまいました。編集者があわてて席に着く中、黙って背を丸めていた中年男性があのノートに悠揚迫らぬ態度ですらすらと変わった線を、まるでデッサンのように、あるいは常に右横に伸びていく鉛筆の力をわずかずつ放出するように描き出しました。私は思わず立ち尽くし、背後からその線の舞踊めいたものを見つめました。促されて退出する十数秒の間、この世で一番抽象的で孤独な行為を見たと思いました。喫茶店に戻りながら、あれが速記というものなのだろうと夢から醒《さ》めるような感覚で認識したものです。

一時間半ほどのち、ホテルの一階にある店にあの白フクロウが一人で現れました。私が彼の魔術に魅入られたことを、その人が一番よく知っていました。彼は私を見つけて話しかけてくると、名刺を胸の内ポケットから出し、興味があるなら一度事務所に来るといいと太い指で名刺をまだ持ったまま言い、両目を閉じたものです。そのまま冬眠してしまうのではないかと思いました。それが私がこの仕事をする始まりです。

三日も経《た》たないうちに私は招かれた場所に足を運びました。黙ったきりの三人ほどの男女が、それぞれパーテーションで区切られたデスクの前で旧式の足踏みパネルを踏み、ワープロに文字を打ち込んでいたのをよく覚えています。その奥にまた幾つかの小さなデスクがあり、ひからびた柿の実に似た顔の一人の小柄な老女がノートに記された細い線虫のような記号から、原稿用紙に見慣れた日本語を書き起こしている最中でした。

私の白フクロウ、甘木さんの席はその隣にありました。歓迎してくれた甘木さんはそこが基本的に速記者の所属する事務所であること、新聞社や出版社などから依頼されて出かける場合が多いことなどを話し、君も速記を習ってみればいいじゃないかと小さな炎を吐くような情熱で言いましたが、私は甘木さんが描くあの絵画のパーツのような文字の軌跡が好きなのであって自分がそれを描けるとはなぜかまるで思いませんでした。むしろ私は、誰もがほとんどしゃべっていない職場自体をことのほか気に入りました。それぞれが自分の持ち分に集中し、互いに騒音を出さないこと以外にはなんの頓着もしていない。ワープロの画面に釘《くぎ》づけになっている数人の姿は何年も宇宙に行ったきりの飛行士のようでした。したがって甘木さんが何かアルバイトをする気はあるかと聞いてくれた時、彼に紹介してもらったのがつまり今も続けているこのテープ起こしという仕事だったわけです。まだ学生でしたし、知識もないし、その分仕上がりも悪いから安いと言われましたが、私は是非ともやってみたいと答えました。と申しますか、私はイヤホンをして周囲からの雑音を遮り、自分の内奥だけに意識を集めて暮らしたいと思ったのです。

ところが甘木さんは最初、私を取材現場に立ち会わせました。その方があとで文脈をとりやすいと言うのです。対談やインタビューを自身で速記する時、甘木さんは録音もしていました。書き逃しのないようにです。その録音テープを私は訓練として文字起こししました。ところが皮肉なものです。そのうち速記のギャラが高くて敬遠されるようになり、録音だけが必要になっていきました。私はやがて自分一人で現場に出かけ、テープを持って帰ってきて例の足踏みパネルを踏んだのです。つまり甘木さんなしで。

先ほど文脈の話をしましたが、「とうこう」が登校でも投稿でも、あるいは投降でも陶工や透光でもある言語の中では文脈をキャッチする能力こそが要求されます。そのためには話している者たちがどういう知的背景を持つのかを推測出来なければなりません。その意味で、まだ作業に慣れていない私は実際に取材に立ち会い、雑談に耳を傾け、話者の表情と声の出し方を覚えることでこそ、文脈をより正確に把握する術《すべ》を得たのでした。もちろん、今でも聴き取れない部分は必ず出ますし、すべての固有名詞を正確に書き起こすのは不可能ですが、それらの欠落が他の方々より少ないであろうことは、私の経験と努力のたまものだと自負いたします。

以来私は、なるべく多くの依頼を無理をしてでも受け、同時にそれぞれのインタビューや対談、鼎談《ていだん》の背景となる分野に関する書物をよく買って目を通し、大学を辞め、大乗仏教にくわしくなり、東欧情勢の知識を得、コンピュータの最新技術をおおまかに理解し続け、日本列島の植生や陶器の変遷に精通もしました。やがて自然に決まった依頼者も増え、甘木さんたちの事務所からありがたくも大変円満に独立した私は、それからずっと今井さんもよく通って下さっているこの狭い部屋に閉じこもり、他人が話したり話しあったりする声を書き写して過ごしていて、それが何よりです。私は他にどんな仕事がしたいとも思いません。

あまりに好きな仕事だからか、あるいはまったく生来の癖のようなものか、私はこれまでに起こした原稿をあれやこれやと暗記しています。例えば、白山信仰《はくさんしんこう》は、あー、この泰澄《たいちょう》によって、えー、七世紀末に打ち立てられたとされるわけですが、そもそもですね、現在のあそこ、福井市越知山《おちさん》側から泰澄は白山を眺めてですな、その山並みに圧倒的なような思いの霊性っちゅうか、あれを感じたのですね、仏そのもの、あるいは神と言っていいでしょうな。当時周囲に多くの、おー、渡来人がいたであろうことね、たぶんこれは相当に多かった、また伝説にあります流血の土地ですな、血ケ平《ちがだいら》。そこには北陸の蝦夷《えみし》と呼ばれる、うー、いわゆる、うー、まつろわぬ者たちがいたと考えられるのを、これも無視するわけにいかんのですな。そういうわけにはまいりません。大きい問題。えー、神仏習合がこの地から泰澄によって初めて、日本の歴史上初めて概念化されたと私は見た、見るのでありますが、異質な文化が様々にこの日本海側にひしめいておった、その状況を切に、切実にこう想像することが必要だろう、と私などは常々、こう主張しておるわけです、うー。という具合に私は、時に文字起こしした原稿を空で言えることがあるのです。いわばそこまで真剣に聴き込み、私は書き起こすのです。以下のように今井さんからの電話を覚えているのも、私がそれを個人的に書き起こしたからです。

　もしもし、あ、今井です。鵜殿さん、編集部の方で私とは別に鵜殿さんに出している者に確認しましたら、つまり増子なんですけれどもね。私と同じように（聴取不能）、その、鵜殿さんが（聴取不能）で起こしてらっしゃる部分が色々あってですね。他の会社の編集部にもですね、たまたま連絡があったんで聞いてみましたところ（聴取不能）なところがありますんで、一度おうかがいしてお話し出来れば、と思っております。何日くらいが空いておりますか、ご連絡下さい。

　また、私がイヤホンから脳へと届く音声をどこまで書字化するかは、ほとんど音声言語学的な分類の問題につながると思っています。もしもすべてを等しく聴き取れと言われたなら、私は唇から出るぺちゃぺちゃした粘つく音、舌打ち、咳払《せきばら》い、洟《はな》をすする音、対談相手の動物のいびきのような低い相槌《あいづち》も書字化しなければなりません。これは屁理《へり》屈《くつ》ではなく、話された現場の雑音にまで耳を澄まして集中すれば、脳内の目盛りをひとつ動かすだけですべてが意味になるし、反対にすべての言葉が雑音になることがわかります。例えば洟をすする音が何回か反復されるうち、自らの言葉を自ら疑問視していることの証左だとわかってくるし、相手の相槌がすでに否定の文脈の幕開けであることも聴き取れてくる。

　だからこそ私は今井さんたち依頼者の方々と打ち合わせ、「なるべく正確に再現」「言いよどみなどは基本再現せず、時に……で示す」「意味の通る言葉のみを基本的に再現」といった指定の区別に頼って作業をします。むろん私は言葉の補足などを絶対にしません。失った脈絡を補正し、カッコの中に主語や目的語を補い、書き足しなどを要する箇所を端書きで示したりするのはライターなり編集者なりの仕事であり、そこから先は話者本人の確認の問題でもあるのは常識です。とはいえ、もしも語られたままに文字起こしをすれば、重複、忘却、言いよどみからくる奇妙な発音、いわば死屍累々《ししるいるい》たる言葉の残骸を私は絵画に似た感覚で見ることになるでしょう。私はその言葉の狂気のような状態をこそ鳥肌が立つような思いで楽しむのではありますが、一般にそれは依頼者の望むところではないと思います。ですから、かすかな編集行為は私どもの仕事につきまとうものであることを、今井さん、私自身認めます。

　桂木／そこに詩の持つ震えが必要なんですね。ボフトの詩学を仔細《しさい》に読んでいくとき、まあ仔細にならざるを得ない書法なわけですがね、そのとき単調さから脱して、例えば

『すもも』のような書かれ方のね、カッコの中がいつまでもカッコに分割され包含され矮小化《わいしょうか》されながら、なおかつ感情が微細に変わってくるような、それを震えと呼んで考える。

真城／わかります。わかるというか、エタメルなんかでも特に短い詩に通ずる気がしますね。二十世紀の東欧の政治的な激動の中で社会的に受肉化された孤立を自分のものとして深める時に、発光するかのごとき、彼の書斎から真夜中、光が闇に漏れ出ていくかのような放射的な言葉を紡いでいく。その光は波として揺れていると強く思うのですね。桂木さんの言われる震えがそこにもあると感じなくもありません。

こうした対談を聴く私は、過去の現場に奇妙な形で参加していると感じます。まったく見たこともない人たちが音響的にどこにどのような姿勢で座っているのかもわかるし、背後に流れる余計なＢＧＭのスピーカーの位置も感じ取る。空間を足踏みパネルで細かく切断する時、いわば私は現在から過去のあるひとつの限定的な時空間にダイビングを繰り返すわけです。どんな内容のインタビュー、対談、鼎談であれそれは暗い深海のようなもので、実際私には声しか聴こえないのだからそうなるのです。私は複数化して、過去に没入する私と、そこから報告を受けて解読にいそしむ私の二つに分裂しているのだとも言えるかもしれません。

過去へとダイビングした私は彼ら話者の近くに即座に位置取りし、その場に半ば参加する。参加して、時には接近した場所から罵倒もする。この馬鹿が、うすっぺらなことばっかりだ、定義も曖昧なら論理展開も曖昧でなぜ学者がつとまっているんだろう糞《くそ》が、低能が頭よさげに振る舞ってるが実は田舎者のお山の大将で物真似屋《ものまねや》の阿呆《あほ》で能無しで中学生以下だなどと私は文字を起こす手を止めずに言います。ですが、海の底の方に意識の重点が移っていれば、悪罵はまるでプールに沈んでいる時に聞こえる子供たちのわめき声のようにこの世ならざる隔離された感覚で遠く鳴ります。その音は次第にイヤホンの外から過去の現場の対話へと混入していきます。ですから、聴き取り終えたテープの中には、他の人には聞こえない私の言葉がごっそりと混入しているのです。

**もしもし、今井です、もしもし（聴取不能）。**

そうやって一日六時間ほどを仕事に費やす私は、小さな祠《ほこら》を縦横に積み重ねたような築年数のひどく長いマンションの一室に住んでいます。北側を向いているため日が射しませんけれど、私は眼前に横たわる大きな川の様子が気に入ってずっとそこを離れずにいるし、デスクも窓際に置き、夏も冬もカーテンを開け放してあります。幅百メートルを超す川は緑色の水を湛《たた》え、表面を風になでられてしょっちゅう細かいさざ波で揺れています。海の干満によって川は左右どちらにも水を移動させ、時に渦巻いていることもある。ずいぶん先から逆流して川は潮の香りも運んできます。細い鉄橋が渡り、電車に電気を送る線が数本張られていますが、その上に目にしみるほど白いカモメの群れがびっしりと止まっています。紙屑《かみくず》がひっかかっているかに見えるそれが、電車の往来の何をきっかけにしてか一斉に飛び立ち、羽根をゆったり伸ばして横に三倍ほどふくらんで空気の中をあてもなく浮き、埃《ほこり》がブラウン運動を起こすように瞬間ごとに白の配置を散乱させる。群れはゆるやかに群れです。

私はなるべく多くのカモメを目で追おうとします。二羽三羽が予想を超える動きで散り、離れ、重なるのに私は見ほれますが時おり、唐突に部屋の真ん前を一羽のカモメが横切り、白い筋肉をひらめかせて去る。数秒の圧倒的な固有性。だが、いずれ群れに戻ればそれがどの鳥だったかはわからなくなります。

私が初めて小説を書いたのは二十代後半で決して早いわけではないのですが、おかげでそれまでに読んだ小説が自分の中にたくさん沈殿して、ひとつのジューサーミキサーのように自分の底に転がった香り鮮やかな果実や野菜や生臭い魚も肉も、それどころか腐臭のするゴミも食べられない紙も木屑もあったのですが、それを一緒くたに粉砕して液体化したわけで、その際私はやはり一人称で書くしかないと思ったんです。少なくとも三人称は自分には遠くて、ミックスジュースには向かないと感じました。ありとあらゆる他者をごっちゃにするに無限遠点のようなひとつの消失点が欲しい。たったひとつです。私はそう考えたんですね。

この若い作家が話すように、たったひとつの「私」の中にたくさんの存在がある。何度でも言います。「私」が単数の私だったためしなんかありません。誰の言葉でもいい、語られる言葉に真剣に耳を傾ければ、どんな人でも複数性に充《み》ち満ちています。何度でも言います。声の調子がくるくる変わり、自分の朗々たるしゃべりを咳が止め、物忘れが思考を遮断し、偶然とは思えない言い間違いが起きる。見知らぬ者の言葉に常によぎられているのが通常です。そうやってしか、人はしゃべれないのです。いや、言い訳でなく。

人間だけではない。私は一匹の三毛猫と暮らしていますが、その猫の中に多数の猫がいることを私は日常的に見せつけられるのでもあります。老いた猫は私の前で短い時間じゃれる。特にお気に入りの紐《ひも》を動かしてやると突然目を光らせて近づいてきて片手でそれを押さえかじりつこうとする。私を神秘で打つのはそうやってじゃれることに没頭している猫が一瞬できびすを返し、そのままトイレに直行したりエサを食べ始めることで、人間ならばそこに何らかのクッションめいた時間なり表情なりを付け足してしまうのですが、猫はおそらく多数の意識を並列のレールの上に走らせており、そのひとつに身体をひょいと乗せ換えては過ごしているのだ。

ああ、今井さん、私はニーチェのインタビューを、あるいはフェルナンド・ペソアと誰かの対話を文字起こししてみたかった。彼らが自ら書いたものが素晴らしいことは百も承知ながら、私は声をまず聴いてみたかったし、その語りの恐るべき逡巡《しゅんじゅん》、自分の考えを瞬時に放棄するだろう様子をこの耳でとらえたかった。文字に再現したかった。語りには、その場の思いつきが如実にあらわれますから、彼らは軽々と考えを変えたのではないか、思いがけない物を積むように論理をたどったのではないか。興奮すると声は裏返ったのだろうか、得意げに張る傲慢な声を彼らは使ったろうか。つまり耳を傾ける私は、彼らの思想の動きに直接ぶつかることが出来るのです。ああ、今井さん、あなたもきっと聴いてみたかったことでしょう。そして私が起こした文を読みたいに違いありません。長年の信頼を得ている私が文字にするのですから、現場の機微が十二分に表現されているといつものように今井さんは言って下さるのではないでしょうか?

さて、そこまでの喜びを与えてくれはしない他人の言葉に日々集中したあと、私は一日分の荷物を運びきった馬か何かのように疲れ、腹を減らし、高ぶった神経のまま外に出ます。けれどもすぐにどこか食事を出す店に入ることが出来ません。一定の席に座って他人の会話を長く聴くことをしたくないからです。

私は必ず地下鉄に乗ります。ゴムの焼けるような臭いがする地底に潜り、私はあてもなく移動します。人は来て、こまぎれの言葉を私の耳に与えて去ります。がやがやとたくさんの対話が宙に浮いていきます。そして私にうれしいのは、その基底に電車のレールのきしむ音がずっと鳴っていることです。言葉を聴くことに耐えられなくなれば、私はあの低く重い、時に怪物の断末魔みたいに長く響く音をあたかも古典音楽を楽しむ心持ちで受け入れ、目を閉じて少し眠ります。

金属で出来た出入り自由の牢獄《ろうごく》と感じられる地下鉄の車内で、私はほっとひと息をつき、自分の体をほぐし、動き過ぎた精神を元通りにします。誰かの会話が聞こえても気にならないくらいに落ち着いてくる過程で一瞬、胸の奥に冷たい薄片がひらめくように悲しいのを感じますが、**それはかつて私が精神的に人生の苦境に立っていた折、苦いコーヒーを出す専門店で飲んだブラジルの熱い液体の中に漂っていた特別苦い豆の小さなかけらにも似ていて、**否定されるべき感情というものの内側には滋味もあるのだなあと私は思うのです。

昨日はずいぶん乗り換えて遠くの、ホームの前後に出口が二つだけある駅で降り、細い屋根付きの商店街を抜けて『水の都』という、名前の割に作りが普通の赤提灯《あかちょうちん》に過ぎない居酒屋に入りました。私はなじみの店を持ちません。自分ではプロ意識の一部だと思っているのですが、私は毎日見知らぬ店に入って予想もしない年齢層、階層の人々の会話を聞くともなく聞き、あたかも言語学者のフィールドワークのように新しい単語や意味の発声を受け止めるようにしています。

ゆうべは言葉の強意に「ガッツ」をつける、例外なく髪の黄色い若者の隣席からの大声を耳にし、それが流行している気はしなかったもののひとまずは覚えておこうと思いました。雑誌に載るような人は冗談であれ真剣であれ、新しい言葉を使いたがる傾向にあるから、少しでも知っておけば必ず役に立つのです。

私はモツ焼きを数本とお新香、単調な味の茶漬けを食べ、話題の統一されていない言葉をそれなりに聴いて順路を逆にたどり、家に帰って猫にエサをやると、留守番電話の新しいメッセージを再生しました。

(聴取不能)

まったく聴き取れない内容ではあれ、今井さんからのお電話と察しました。今井さんはきっと私が予測を交えて聴き、書き起こすような散漫な仕事をしているとお考えなのだろうと思います。しかし私はこれまで通り、語られたことだけを丁寧に書き起こしているのです。これまでも、今も日々そうなのです。もし万が一疑問を持つような部分が出て来たのだとしても今井さん、私を信じて下さい。意図的な改竄《かいざん》は思いもつかぬことです。ケアレスミスも許されません。私が逐語的に聴かず、通りのいい文章にしておけば足りると考え、ないしはありもしない言葉をつないで手っ取り早く原稿をあげるなどということは、ここまで語ってきましたように長年この仕事を一心にしてきた者のプライドに反することです。

また、もし私が知らぬ間にそう行っているのだとしたら、本当に大変なことです。それら恐ろしい、地鳴りのようなものに尻から腹の中を突き上げられているような思いがします。聴く私と書く私は長いこと手を携えて来たのです。それが聴けず、あるいは書けず、反目し合うこと、もしくは結託して私を裏切ることなど想像さえ許されない事態です。私には破滅を意味します。私はそんな破滅の中に足を踏み入れているのでしょうか？

仕事場の文字起こしのセットの上の方、壁に一枚の写真が画鋲《がびょう》で貼ってあります。私は昨日帰宅したあと、しばらくぼんやりと椅子に座っていました。そして久しぶりに写真の存在を思い出し、そこに写っているものを見て驚きました。甘木さんと私が笑いながらこちらを見ていました。確かにそうでした。写真は私が文字起こしの仕事を始めた頃に撮ったものでした。私はゆうべ、それをじっと見上げていました。

と、ここまでが今井さん、私鵜殿和久の偽らざる心境をありのままに口にしたものです。すべて忠実に文字に起こして、残らずあなたにファクスします。
お読み下さい。

# 私が描いた人は

日曜画家の私が今になってその姿の思い出を七枚の連作で描いた人物は大学を出たあと就職をしなかった。大学はそれなりのレベルで学部は法学部だったから、いわゆる偏差値というものも比較的高かった。にもかかわらず、私が描いた人は驚くほど無知で無邪気だった。

あだ名をPQといった。大学に入ってクラス分けをされたあと、すぐに級友から付けられたあだ名だったのではないか。キューピーをひっくり返した理由は不明だが、少なくとも一度は誰かに天使を連想させたわけで、確かに肌は白くてさらさらしており、細く柔らかな癖毛が小さな頭を覆っていた。欧米人の血が入っていてもおかしくない風貌で背が高く、茶色がかった瞳は二重まぶたの奥で優しかった。薄い唇でたいてい微笑《ほほえ》んでいた。

私が絵に描いた人PQはしょっちゅう「キンタマ」と言った。なんの脈絡もなく、その四文字だけを間投詞のように会話に挟み込むことがあったし、「そんなのキンタマだよ」とか「キンタマでも見せてやればいいんだ」などと、乏しい範囲ではあったが無意味に応用される場合も多かった。おかしな口癖だった。きれいな顔で平然とそういうことを口にするから、一瞬その場が夢の一部のように思えた。

こうしてある種の下ネタを多用するPQは、しかし明白に童貞だった。女の話をしたがったが、いつも具体性に欠けたたし、女の胸について話すうちに白い頬が赤らんだりもした。クラスの者たちが一人、また一人と大人びていき、秘密を持ったり逆に話したがる異性との交渉を増やしていくのに反して、彼をかわいらしいと評価する女子学生らとも何年経《た》っても交際をしなかったはずだ。

何か決定的なコンプレックスでもあったのだろうか。包茎程度のことならむしろPQらしかったたし、他に劣った点があるとも思われなかった。私が描いた人は性の話を好みながら、性そのものの実際には立ち入ろうとしなかった。

その人はミステリーが好きだと言っていた。古本屋で文庫を買ってくるのが常だったが、長い間同じ一冊を持っていた。読むのが遅かった。じっとひとつのページを眺めて頭を動かさないPQを、クラスメートはよく学部校舎の脇のイチョウの木の下に見た。ある時、全ページの漢字にカナを振った文庫シリーズが出たらしく、PQは友人に会う度話題にした。その友人の一人が四半世紀ほど後、PQを様々な手法で描いた私である。

私が描いた人PQはカナがあると読みやすいと言った。漢字だと何が書いてあるかわからなくなって興味を失う、とも言った。友人たちはそれを教室で聞き、口々にお前に馬鹿だと言った。どうやってこの大学に入ってきたんだと言い、そもそもなぜ授業についていけてるんだと言った。PQはとぼけた顔で聞き流し、あてずっぽうに数字を選んだら受かったのだと答え、授業にはついていけていない、試験はカンニングでなんとかしていると言った。

そのPQが就職を選ばず司法試験の勉強を開始したと教えてくれたのは村木だった。黒ぶち眼鏡で横分けの真面目な男で、PQにあきれながらもよく二人で学食に行ったり合同コンパに出てまったく成果がなかったりした。

私もPQも村木も留年せずに無事最終学年に達した。私たちクラスメートが周囲を真似《まね》て会社訪問をしたり、大学の就職課に通って応募状況の確認などする中、PQはいち早く脱落を宣言した。いや、一報が伝わった時の印象としては脱落ではなかった。PQは当たり前に就職を選ぶクラスメートたちを高みから見下ろしていた。そもそも法学部生たる者、法曹の道に進まずしてどうするのだという糾弾も感じられた。だが問題は、その主張がPQによって行われたことであった。漢字ひとつまともに読めないという人物、その日まで法律に対する執着をまるで見せなかった男が、いきなり途方もなく困難な進路を選んだのである。

私がまだPQに出会う前、入学したてのオリエンテーションで、法学部の学部長は一日最低六時間の勉強をするように言った。二年生からその時間を増やすのが話の前提だった。四年ではほとんど自由時間のない勉学が要求された。司法試験とはそこまでしないと合格出来ないものなのかと私は思い、その日にきっぱりと弁護士への道を諦めた。

それはともかく、PQが司法試験への挑戦を決めたと聞いてからしばらく、私は彼のことを忘れていた。就職に疑問を感じた私は、単位を故意に落として留年をした。周りの友人たちは一流企業や二流企業に行った。中には鍼灸師《しんきゅうし》に転じた者がいたし、貧しい農家の出で大学入学直後に民青に入った男はそのまま実家に帰って農業を継いだ。冬の日に靴下がないと言ってその民青の男が裸足《はだし》を片方ずつ教室の窓際の暖房パイプに押しつけていたのを思い出す。靴を買う金もないからと野球のスパイクをはいていたこともあった。その他にも特筆すべき友人はいる。だが、私が絵にしたくなったのはPQだけだ。年齢を重ねるにつれて、その人への懐しさは募るばかりなのだ。

留年から一年後、結局私はアルバイトのコネもあって製粉会社に入った。すでに保険会社に就職していた村木を通してPQから連絡が来たのはさらに一年半後の早春である。

都合二年半会っていなかったPQは、ビルに住み込んで警備をしながら司法試験の勉強を続けているとのことだった。それがどういう風の吹き回しだろうか、私に会いたいらしいのだった。しかも職場に来てくれと言ってきた。すでに何度かビルを訪れていた様子の村木は、あいつも仕事で外に出られないからと電話口で言った。行ってやれば喜ぶんだ、とも。私は逆に仕事の現場に勝手に入り込んでいいものかわからなかった。いいんだよ、と村木は吹き出しそうに答えた。

約束の日はすぐに来た。私は仕事の帰りにPQが好きだった栗饅頭《くりまんじゅう》を土産に持って電車を乗り継ぎ、夜の十時過ぎに有楽町線のとある駅の改札で村木と落ち合った。互いの変化のなさを誉《ほ》め称《たた》え合ったあと、私たちは照明が次々と消えていくビル街を歩き出した。

細く暗い道を右に折れ、左に入りしていると、村木が立ち止まった目の前に陶器のような素材で黒くコーティングされた建物がそびえていた。一階の中央に荷物運搬用エレベーターの黄色い縦開きの扉が二枚、蟹《かに》の腹のように閉じていた。その左横、ほとんど建物の端に、業務用の冷凍庫を思わせる銀色の裏口があった。見上げれば二階の角あたりに何か小さな看板が出ているのがわかったが、街灯がそこだけを眩《まぶ》しく照らして読むことが出来なかった。左右は雑居ビルでやはり裏口まで閉まっており、人通りが絶えていた。

村木は慣れた手つきで裏口のインターホンを押した。しばらく待つとカチャリと自動的に錠が開く音がした。上方に黒い監視カメラがあり、そこからPQがこちらを見下ろして確認をしたのに違いなかった。

銀色に輝くノブをひねって村木が重い扉を手前に引いた。中は薄暗かった。オレンジの電灯が左手前にある受付らしき場所の上で灯《とも》っていた。村木は扉を開けたまま外で待った。私もその後ろに突っ立った。要領がわからなかった。

冷え冷えとした廊下の奥に人影があらわれた。すたっすたっとスリッパの打ちつけられる音がした。懐中電灯の光を下に向け、それをくるくる振りながら歩いてくる者がいた。やがて濃紺の警備員らしい制服が見えてきた。男は徽章《きしょう》の付いた帽子をあみだにかぶっていた。PQだった。

おー、とPQは私を見て驚いたようにのけぞった。来ることはわかっていたはずだから歓迎の気持ちを大げさにあらわしたのだろうと思った。それから、PQは自分の制服を懐中電灯で照らしてみせ、「キンタマ」と言った。確かにPQがユニフォームを着ていることには大きな違和感があった。それを自ら一言で表現したのだった。私も村木も失笑した。

連れられて廊下奥の左手にある扉から階段ホールに出ると、地下一階に降りた。建物の角に四畳半の宿直室があり、PQが布団一式と文机《ふづくえ》と簡素な白木の本棚を畳の上に持ち込んでいた。入り口近くの台所にガスコンロがあってやかんがかかっており、流しには食べ終えたインスタントラーメンのカップが幾つか置かれていた。

部屋は苦学生の一人暮らしという気安い感じを漂わせていたが、そこが他人の入ってくるべきでないビルの宿直室なので妙に落ち着かなかった。見慣れた光景が見慣れない場所にあった。

持ち込んだ缶ビールを村木が開け、我らがPQに乾杯！とごく短い音頭をとる間も、PQは規則なのか冗談なのか警備員の帽子を脱がなかった。徽章は金糸銀糸で出来ており、二頭のライオンが左右から一本の聖なる木のようなものを支えている文様になっていた。PQは王が冠を戴《いただ》くようにその象徴的な記号を額の上に位置させ、にこにこ微笑んで膝を崩した。その時の姿が私の描いた連作のまず一枚目である。私は会社から帰ると思い出せる限りの色を丹念に思い出し、少しずつ複数の画材を塗り重ねた。出来上がった作品はほぼ抽象画である。

一方、宿直室にいたかつてのPQはじき赤ら顔になってこう言い出したのだった。警備ってやつはやわな稼業じゃないぜ。自分が控えているこの地下の上には総額二千万円くらいの在庫品が各階に分けて詰められていて、泥棒なら狙わないはずもない。でも、警察でもない自分は警棒ひとつでそれを守らなくちゃいけないんだ。PQは壁のフックに吊《つ》り下げられた黒い棒を示した。泥棒は最低でも刃物を持ってくる、スタンガンや棍棒《こんぼう》を腰にさしているかもしれないし、そもそも複数で来たら絶対に勝ち目はない。絶対に、と言う時、PQの目は光り、言葉は熱を帯びた。

だから泥棒を見つけた瞬間、俺は一巻の終わりなんだよとPQは大変な発見のように言った。村木は聞いたことのある話なのだろう、無言であらぬ方向を見ながらサキイカをかじっていた。PQの警備員論はそのまま進んだ。

見つけたら終わりだから、俺はなるべく泥棒を見つけないように心がけてるんだとPQは続けた。意外な展開で私はビールを飲む手を止めた。

「しかも」

と声を低めてPQは何か真実らしいことを付け足そうとした。

「泥棒を見つけないようにしてるのがバレたら、俺はここを追い出されちゃうよ。その月の給料も出ないかもしれない。そこの加減が難しいんだよ。俺はあくまでも隅々にまで目を光らせてビルを巡回するんだけど、本当にはしっかり見てないんだ。どうか自分は異変と出会いませんようにと祈るような気持ちだよ。そうなんだよ、祈りなんだ警備は」

PQは少し頭がよくなったのではないか、と私は思った。学生時代にそうやって順を追って話すことはなかったはずだった。真面目な話に照れなくなった、ということかもしれなかった。あるいは村木がすっかり飽きているようだったことからすれば、その話ばかりを他人にするうち筋道がこなれたのだろうか。

和室の左奥にある文机の上には三省堂の『模範六法』と有斐閣《ゆうひかく》の『ポケット六法』、さらに数冊のノートが置いてあり、その横にシャープペンシルと消しゴムと黄色の蛍光ペンが並んでいた。PQは私の視線に気づき、

「全部読んだんだよ、二冊。二年半かけて五回」

とぶっきらぼうに言った。私はいくらなんでも驚いた。司法試験の勉強がそんなことでいいはずがなかった。言葉を失っていると、村木が座ったまま大きな尻をすって文机のそばに移動してノートを取り上げ、

「これがまた凄《すご》いんだぜ、澤辺」

とニヤついた。村木は私にノートを渡した。自分で見てみろというのだろう。私はPQのノートをあてずっぽうに開いた。

法律の条文が幾つか写してあった。それはずらずらと体系なさげに箇条書きされていた。何より特徴的なのはひとつひとつの文字が異様に大きかったことで、小学生の夏休みの日記を思わせた。それが数冊分あったところで情報量に限りがある。私は笑いたかったが笑うことが出来なかった。

「大事なとこを抜き出したんだ」

PQはこれまた真剣なのかふざけているのか判然としない調子で言った。村木はすぐさま、

「ここに書いてある分、PQは二年半で必死に覚えたんだと」

と言った。相手の頬を人前で張るような言い方だった。私はPQが傷つかないものかと気づかった。だが、見るところPQは何も感じていない様子だった。それどころかむしろ、いやあけっこうかかるもんなんだよと誉められでもしたようなことを言った。

ノートの下から写真が数葉のぞいていた。片腕のない体を上から撮影したピントのぼけたスナップでどきりとしたが、よく見ればPQが畳の上に寝て片腕を伸ばし、自分の上半身を撮ったのだとわかった。なぜそんな撮影をするのか、なぜそれを現像して机の上に置いているのかを私は聞くことが出来なかった。この写真のおぼろげな記憶を水彩で紙の上に再現したのが連作の二枚目である。

私たちはそれからPQを中心に長くしゃべり、巡回は一晩に夜十一時、深夜二時、朝五時の三回という規定になっていると教えられた。警備会社に所属していれば巡回が終わる毎《ごと》に本社に電話報告をするのだそうだったが、PQはビルのオーナーと直接契約をして泊まり込んでおり、一階の受付にあるノートにチェックマークを付ければそれでいいら

しかった。

　私たちはテレビを見始め、深夜番組をひとつ見終わり、PQが毎回欠かさないという学生向けの歴史講座の再放送を見た。

「よしゃ」

　とやがてPQはテレビを消して言った。十一時の巡回だ、と。澤辺も来いよ、村木も行くから。そう言ってPQは傍らに転がっていた懐中電灯を取り上げ、帽子をかぶり直して立った。だが、丸い壁掛け時計を見るともう十二時近かった。俺の巡回は時間がかかるから一晩で一回しかしないし、だから少し遅く始めてもいいんだとPQは誰かが決めたことを疑いなく繰り返すような調子で言った。

　靴をはいて宿直室から廊下に出た。今度は私にも懐中電灯が渡されていたから、非常灯のついた薄闇に二本の光の筋が交差した。PQは先頭を行き、腰に下げた鍵束から手早く一本を選んでまずは右隣の会議室と書かれたパネルが貼られている部屋を開けた。

　中は真っ暗だった。PQは首を伸ばして懐中電灯を差し出し、光を左右に振った。おかげで会議室に白い長テーブルがあるのが見え、なぜかその奥の一画にビニール傘や黒い蝙蝠傘《こうもりがさ》が大量に積まれているのがわかった。

　PQはコツコツと靴音をさせて会議室に入った。人が隠れるような場所はなかったから、照らして目視するだけでよさそうなものだが、と私は思った。後ろにいた村木が背を押すので、中に入ってみた。

PQは部屋の最も奥、長テーブルの端に立ってこちらを向き、小さな布カバンを斜めがけした姿で懐中電灯を剣を捧《ささ》げ持つように前方に突き出すと、テーブルの表面をまばゆく照らしながら何かぶつぶつと言い出した。

朕《ちん》は、とも聞こえた。深くよろこび、とも聞こえたし、大臣の名前として吉田茂《よしだしげる》とか石橋湛山《いしばしたんざん》という名も聞こえた。祈っているようでもあり、妄想に支配された指揮官が架空の命令を発しているようにも思えた。PQが唱えているのは日本国憲法の公布を示す文言に違いなかったが、なぜそれを地下の会議室でつぶやいているかがわからなかった。私が描いた連作の三枚目は、この時のPQの厳《いか》めしい姿を古典的な肖像画に仕立てたものだ。

会議室では、隣に移動してきた村木が落ち着いた呼吸をしていた。私も動揺しないよう努めていると、私が絵に描いた人はいったん黙り込んで光を自分の右側の壁に向け、そこに書かれた経文をあわてて読むかのようにまた何か唱えた。日本国憲法の前文だった。左の壁にも背面にも、私が描いた人PQにしか見えない文言が刻まれてあるらしかった。そうやって各方位に光を向けての儀礼めいた行為を終えると、PQは足早に部屋を出た。村木と私は仕えている者のようにあとに従った。

　廊下をはさんで会議室の反対側には白い壁が続いており、手前と奥にひとつずつさほど丈の高くないいぶし銀の扉があった。PQは奥側の扉の錠を乱暴に開け、中に体を滑り込ませた。ついて入るとそこは倉庫で、墨をぶちまけたように真っ暗だった。緑色の非常口誘導灯が二ヶ所ほどに点《つ》いてはいるのだが、その淡い光では照らしきれない闇が大きな図体でうずくまっていた。

　懐中電灯で前を照らせば、右手に巨大なエレベーターが昇降する場所があり、少しずれた位置に鉄製の床らしき板が止まっていた。荷物運搬用の重機が数台、息をひそめ目を閉じているように冷たく並んでいた。大量の品物がその左の空間に広がっていた。ハンガーラックが何本も果てなく整列していて夏物らしき服がえんえんとかけられており、その合間に段ボール箱が積まれているのがかろうじて見えた。

　私はあちこち勝手に照らすのがぶしつけなように思い、ともかく足元だけに光を向けた。市松模様のリノリウムが敷かれていて、黒い部分の埃《ほこり》が点々と人の足跡の形になっていた。

　PQは入り口から先に進まなかった。そして最も手前に積まれた段ボール箱の一番下を光で照らし、

「第一章天皇」

と低い声でつぶやいた。聴き取り間違えたのかと思い、黙って耳を澄ましていると、PQは段ボール箱に印刷された英語の商品名を光でなぞり、

「第一条　天皇は、日本国の象徴であり日本国民統合の象徴であつて、この地位は、主権の存する日本国民の総意に基く」

と会議室に比べてはっきりした口調で言った。続いて、下からふたつ目の少し重みでひしゃげた段ボール箱を光でとんとんと叩《たた》くように照らし、PQはまた口を開いた。

皇位は、世襲のものであつて、国会の議決した皇室典範の定めるところにより、これを継承する。

日本国憲法第二条だった。

そこで私はPQが何をしているのかを理解した。警備しているビルの備品に条文を割り当てて丸暗記し、その記憶を巡回ごとに確認しているのだった。

下から三つ目の段ボール箱は天皇の国事行為と内閣の責任だった。四つ目は天皇の権能の限界、天皇の国事行為の委任。PQは地下の二百平米ほどあるだろうフロアを白い光でわずかずつ照らしながら、それぞれの場所に割り振った憲法の条文を唱えてみせた。

黒い鉄製の棚の上にプラスチックでパックされた幼児用の玩具がぽつりぽつりと置か

れているだけの場所では戦争の放棄、軍備及び交戦権の否認を唱え、段ボール箱で出来た壁の角を曲がって移動した先、一様に透明ビニールをかぶせられた女物の衣服の群れの横を過ぎながら奴隷的拘束及び苦役からの自由をつぶやき、山と積まれた男のマネキンを照らして納税の義務を言った。

思い出すのに失敗すると、PQは肩にかけたカバンから『ポケット六法』を出してパラパラと時間をかけてめくり、正しい文章を確認して目をつぶると覚え直した文を口に出し直した。

憲法は百三条まであった。PQはそのすべてを倉庫ビルの地階で唱えようとした。巡回はしたがって、ひどく時間がかかった。フロアはPQによって法に満ちた。立体的に条文が貼り付いた建物の中に、私たちは長い時間いた。三人で世界に魔法をかけているようだった。

しばらくしてようやく一階に移動すると、PQはスイートコーンの缶詰がぎっしり詰まっているらしき大量の段ボール箱の前で、今度は民法第一編総則の第一条、私権の基本原則に関する条項をつぶやき始めた。

私権ハ公共ノ福祉ニ遵《したが》フ。

少なくとも民法は千条以上あったから、PQがもしそれを一階の品物に割り当てて覚えているのだとしたらすさまじいことだし、再現には昼までかかるだろうと思った。ビルに人が来てしまう。

だが、暗い一階の倉庫入り口で、背後の村木が笑いをこらえているのを私は感じた。そして実際PQは積まれたホールトマトの缶詰を曖昧に照らしながら、早くも第一条第二項が言えなかった。

『ポケット六法』を見るにはさすがに早いと自分でも思ったのだろう。PQは首を左右に動かして記憶を探った。ビル全体の温度を調整している空調がブーンと音を立てて切り替わった。PQがなおもじっとトマト缶の赤いラベルを照らすので、私も応援するようにそれを照らして待った。しかし第二項、私でさえおぼろげにわかる信義誠実の原則は出てこなかった。PQは舌打ちをし、『ポケット六法』を手品のように出した。

「ど忘れ」

PQはそう言い、権利ノ行使及ヒ義務ノ履行ハ信義ニ従ヒ誠実ニ之《これ》ヲ為《な》スコトヲ要ス、とすらすら口に出したが、それは単に本を音読しているに過ぎなかった。

「一階から二階まで全部民法で、大変だよ。かなり多いから飛ばし飛ばしでヤマかけて覚えてるんだけど。三階から四階は刑法の予定で、今年の目標」

PQは圧倒的な闇の中でそう言った。司法試験にもやはりヤマはあるのだろうかと私は思ったし、そのヤマさえ十分覚えていないように見える人が何を頼りにこの生活を続けているのだろうかとも思った。

　いぶかしむ私の目の前でPQは別の輸入食料品の山を光らせ、

「民法第一章第一節第一条ノ三、私権ノ享有ハ出生ニ始マル」

とすらすら言った。『ポケット六法』を見たばかりだからかもしれなかった。そして隣の段ボール箱の最下段に光を移し、

「外国人ハ法令又ハ」

と唱えてから、また詰まった。

　PQはその後、もはや飛ばし飛ばしでしか民法の条文を唱えなかった。二階に移動して靴の山をかき分けるように巡回を続けながらも、ほとんど『ポケット六法』を手放さなかったため法律の朗読会みたいなことになった。だが、そもそも民法千数十条、さらに附則までを暗記しようとすることが私からすれば大それており、果てしのない行為であった。その上、PQは刑法も丸暗記すると決めていた。その不屈の精神力がどこから来ているのかと私は感心もしたし、逆に理解の及ばなさに茫然《ぼうぜん》ともした。

　三階には漢方薬のすえたような匂いが充満していた。木の根のようなものや、光を当てると白く輝く粉が瓶詰になり、木箱から飛び出していた。未開封の箱は頭より上まで

積まれて累々と続き、迷路の壁のようだった。左右に折れて進むと、奥の両側のラックに薬の解説書だろうか、背に判読不能の簡体字らしき漢字が印刷された本が隙間なく並べられていた。

本の集積を行き過ぎて一度懐中電灯を消してみると、闇は濡《ぬ》れた布のようにぺったりと私を覆った。目を閉じているのか開いているのかわからなくなった。得体の知れない何かがぬっとあらわれそうで気味が悪かった。すぐに懐中電灯を点け直した。

一方、PQはまだ刑法の条文の割り当てられていないフロアで手持ちぶさたになったのか、少し遠くで懐中電灯を天井にだけ当てて足元を暗くしたり、反対に靴先だけ光らせて周囲を見えなくさせたりし始めた。

重い闇の中で、PQの端整な横顔、特に細く伸びて尖《とが》った鼻を漏れ明かりがかすかに照らすのを斜め後ろから見るうち、学生時代の夏休み直前に二人きりで私のアパートにいて夕方から夜までたわいもない話に興じたことを思い出した。お互い白いTシャツの背を汗で濡らしていた私たちは話に夢中で、六畳の部屋の内部が夕焼けで見事な茜色《あかねいろ》に染まるのにも、そのあとみるみる闇に沈んでいくのにも無頓着だった。いつまでも電灯を点けずにしゃべっていた。私の連作四枚目はその時の記憶を木炭で描いたもので、闇に隠れつつあるPQを狭い部屋の角からとらえている。

「澤辺さあ」

と倉庫ビルでPQは振り向きもせずに言った。声はすぐに闇に吸われて消えた。PQは返事を待たずにまた声を立ち上げた。

「俺たちがいるのと別な銀河ってすごく遠いよな」

床に砂でもあるのか、ジャリジャリという音がした。私はPQの言葉の意図をつかみかねた。

「ちょっと考えたりしても頭じゃわからないくらい遠いよ。それをちゃんとイメージ出来るといいと思って、俺はこの階を巡回してるんだけどさ」

「え？　え？　どういうこと？」

「村木はわかるだろ？」

「わかんないよ。俺も聞きたいよ。何言ってるんだか」

「だから三階から四階は刑法を覚えるための階だって言ったろ。でも今はまだ始めてないから、三階では銀河のことを考えることにしてるんだ。俺の頭の上のずーっと上のどっかにまた別の銀河があるだろ？　それがどれほど遠いか想像するんだよ。その銀河のずーっと下に俺がいるわけでさ。その関係がばしっとわかる時間にしたいんだよ。有意義に」

「PQ、わけがわかんねえな」

「いやすごいよ、村木。PQ、すごいよ。ばしっとわかったことあるの？」

　私がそう言うと、PQは鼻息を荒くし、ひどくうれしそうに声を弾ませた。

「二回あるよ。あ、遠いなって思った。このくらい遠いんだろうなって納得いったっていうか、わかった感じがあって。それで部屋に帰ってから自分の写真撮って、ほら、机にあったやつ。あれは別の銀河から見た俺を撮ったんだよ。もうその時は完全な感覚は薄れてたんだけど」

　ああ、と私はPQに向かってうなずいた。村木は首を傾《かし》げたらしく、それで起きた薬臭い微《かす》かな風が私の頬に来た。そのまま、PQは黙った。先に進もうともしないので、村木と私は奇妙な空白の時間を持った。

　音のない厚ぼったい体積の闇の中に私たちは立っていた。これ以上の黒はないと思うような黒が目の前にあり、ビロードの手触りを予想させた。黒は靄《もや》になって漂い、鼻で吸えそうだった。三人が黙って呼吸していると肩が交替で上がり下がりし、メリーゴーラウンドの馬に似ていた。懐中電灯から放射されるビームが二本とも床に向けられて歪《ゆが》んだ円を作っており、その反射が私たちのはいた安い靴をぼんやり照らしていた。

　ずいぶん無言でいてから、PQは口を開いた。

「澤辺はやっぱり昔から俺のことよくわかってるよ。村木は全然だめ」

「何言ってんだよ、澤辺だって俺だってお前のことなんかわかんないよ」

私は会話に参加しなかった。PQの言葉が過去の記憶の層のどこかに触れている感じがして、私はその地点を探っていたのだった。確かに私は大学の頃、何度かPQの肩をもった。非難されがちな発言もつい数分前そうしたように「すごいよ」と無責任に誉めた。単にPQを面白がっていたからだった。だが、知らぬ間にPQはその私を理解者として受けとめていたのだと思った。だからこそビルに私を呼び、覚えた条文を言ってみせているのではないか。帽子着用にこだわり、妙な仕草で憲法を公布したのもそのせいかもしれなかった。

カサッという音が右奥の方でした。PQはためらいもなく音の方向へ懐中電灯を向け、片方の手を腰の警棒にやると同時に大股で歩いた。宿直室では泥棒を見つけないように心がけていると言ったが、動作は機敏で緊張感にあふれていた。もし不審者があらわれたらどうするのか、私たちも戦って取り押さえなければならないが警備員でない人間がなぜいたのかということになるだろう、と私は瞬間、先回りをして考えた。

タイ語らしき焼き印のある崩れた木箱が十数個積まれた裏側を、PQはのぞき見ていた。私はその後ろ姿を懐中電灯でおそるおそる照らした。PQは振り向き、光で白く輝く顔をまぶしそうにしかめて首を横に振った。

「ネズミ」

言葉を苦いもののように吐き捨て、PQはそのまま歩き出して左に折れると、階段ホールにつながる扉の方へ移動した。私と村木は遅れて歩き出した。

最上階、四階はがらんとして何もなかった。ほぼ真四角のだだっ広い空間だけがあり、四方に曇りガラスの小窓が設置されていた。床にはやはり砂めいた粒子がちらばっており、靴底が滑った。PQは闇を前にして立ち、その空間のただ中に光を向け、それを上下左右に曖昧に振ってみせた。村木の空咳《からせき》が壁に反響して鳴った。

「ここで俺さあ」

とPQは粘つくような舌の音と共に言い、さらに大きく光を揺さぶった。

「毎日ってわけじゃないんだけど」

聞けば、PQは何もないその場所でベルトを外し、ズボンと下着を足元に下ろして自慰をするというのだった。ここでかよ、と村木は素っ頓狂な声を出した。ここだからいいんだよ、とPQは答え、お前みたいに狭い部屋でキンタマ触ってられないよと村木を小馬鹿にした。

―じゃ、PQ、これ……」

私は床を照らして言った。何か染みのような白っぽい跡が点々とあった。違うよ、そんなところに出すかよとPQは半分怒るように言い、ちゃんとティッシュ持ち歩いてるんだと布カバンを示した。

静かな黒い奥行きの中にまたぶんぶん光を振りながら、PQはマスターベーションのくわしい方法、その時想像するものなどを饒舌《じょうぜつ》に話し出したのだが、ここでは再現しない。少なくとも、PQは各階に詰め込まれた大量の商品の真上で射精することに意味を見《み》出《いだ》していた。他人の財産への侮辱が快感につながる、というようなことも言った。しかし、私はそれが本当にPQの欲望を十全に示す言葉とは思わなかった。PQは私の前で偽悪的になっていると感じた。そして私はむしろ、その人が持て余している時間の長さのことを考えた。PQはそうやって時間を潰していないではいられなかったのではないか。

しばしまとまりのない弁舌をふるい続けたPQは、唐突に自分の話に飽きたかのようにしゃべりやめ、

「屋上」

とだけ言って、フロアを横切り出した。光の先にぽっかりと開いた闇があり、奥に短い階段がかろうじて見えた。PQはするするとそちらに吸い込まれた。私が描いた五枚目の絵はその闇の深さとほとんど形をなさないおぼろげなPQの後ろ姿をテーマにしている。

階段をのぼった踊り場の左手に配電盤と書かれた札の貼ってある錆《さ》びたピンク色の扉があった。正面には銀の薄い扉があり、PQはそちらのノブの中央に鍵の先端をあてがってくすぐるように動かした。

きしみと共に開いた扉から外に踏み出すと、足元には三十センチ四方ほどのコンクリートパネルが敷き詰められていた。屋上全体を見渡せば、下だけが漏斗のようにすぼまった防火用水の円筒形タンクがあり、エレベーターを牽引《けんいん》する重機が入っているのだろう直方体の設備があった。建物の端に沿って胸の高さほどの柵がしつらえられており、周囲には道路側以外に三方、こちらより数階分だけ高いビルが建っていて、私たちを見下ろしていた。曇り空が少し低く灰色に煙っていた。

私たちが上がってきた場所は電話ボックスのような形でそこだけ屋上に飛び出して立っていて、鉄の梯子《はしご》が付いていた。PQはその梯子をつかんで音もなくのぼり、避雷針の横に一人で仁王立ちになると、帽子が落ちるのではないかと思うくらいに顎を上げて空を見た。私はその姿を下から見上げた。薄闇が私たちの体の周りを靄のように包んでいた。

PQは銀河のことを考えているのに違いないと思った。一心に夜空に目をやり、深い呼吸で神経を集中させながら。それもまたPQの習慣に違いなかった。確かに別の銀河は雲のずっと先、はるか上空の闇の彼方《かなた》、PQと村木と私、そして大量の荷物とネズミの上にあった。

はっきりした声が上から落ちてきた。PQは屋上で一番高い場所にいて夜空の彼方に目をやりながら、

「憲法」

と言い終えていた。次に民事法民法と言い、続けて民事法商法、民事法会社法と言った。さらに社会法、産業法、条約とギリシャ悲劇を演じる俳優のように重々しく付け足した。

PQはつまり、『ポケット六法』の主な目次を遠い別の銀河に向けて宣告したのだった。ただし、法の中身はほとんど忘れられていた。あるいは覚えられてもいなかった。それら空虚な体系の名を頭上に発射するかのように述べ終え、PQはちらりと私の反応を盗み見た。そして祈りのあとの司祭を思わせる厳粛さを装ってうつむいた。

その時、PQの体に沿って黄金色の光があふれ出すのがわかった。光は体のきわで最も強く輝いた。眩しいほどだった。輝きはその分、PQの輪郭を黒くかたどった。誰かが遠くからPQの背中を照らしたのだろうか、それとも自らが発光したのか。今から考えればPQが脇にはさんだ懐中電灯の光が錯覚を引き起こしたのでもあろうが、その夜の私は奇

跡めいたものを見たと思い、とまどった。私の連作の六枚目にはまさにそのうつむき輝くPQ、周囲に放たれた光が中世の宗教画の形式で描かれている。そもそも私はそれを描きたくて連作の筆をとったのでもあった。

宿直室に戻ったのが午前五時を少し回った頃だった。倉庫ビルに人が出勤してくるのが午前八時半だというので、村木と私は大事を取って四十分ほど後に来るはずの夜明けと共に退散することにした。

その短い時間、PQは自らの人生設計を語った。あと三年ほど警備の仕事を続け、その間に司法試験をクリアして弁護士事務所に入り、経験を重ねてから独立するという十年計画だとPQはすっかり決まったことのように言った。

独立の際、事務所の名前を『ＰＱ法律事務所』にしてもらいたいと思うか、とPQは詰問するような口調で私に聞いた。赤い唇の上に生えた産毛が鼻息でかすかに震えていた。目尻には皺《しわ》が寄っていて、そこに巡回中に付いたらしい小さな埃のかけらがひらめいていた。私はその様子をじっと見てから、是非そうしてもらいたいと答えた。するとPQは不機嫌そうに顔をしかめ、けっと痰《たん》を吐くように発音した。私はいまだにその感情の理由がわからない。ただ、PQが私の言葉に嘘《うそ》を感じたのだとすれば、実際私はそうだった。発表された目標のひとつひとつが叶《かな》えられるわけのないものだと思っていた。

村木と私は壁掛け時計が五時四十五分を示したのと同時に立ち上がり、PQに別れを告げた。PQも名残惜しそうに、おうと応じた。

人と鉢合わせないか心配しながら、最初に入ってきた銀色の扉を内側から開け、表へ出た。日の出直後の春の朝の空は灰白色をしていた。じゃあと言うと、じゃあと返ってきた。PQは軽く手を上げた。制服ジャケットのボタンをすべて外していて、白シャツの前身頃がくしゃくしゃによじれていた。それでもPQはやはり帽子だけは脱がず、村木と私を見送った。

それから長い間、PQからの連絡は途絶えている。ビルを訪れてから三年後、つまりPQが司法試験に合格する計画だと言っていた頃、村木から一度だけ電話があり、PQが荷物運搬用重機の取り扱いを完璧にマスターして夜の倉庫を走り回っていると聞いたのが最後の消息だ。

そして私の連作の最後の絵もまた、その重機の上のPQを想像して描かれたものである。

# 鼻に挟み撃ち

# 1

ある早朝のことです、皆さん。

わたしはじわじわと夢からあとじさり、波打ち際にずるずる引きずられるクラゲのように時に転がったりもしながら、素早い干潮の具合もあって気づけばついに戻りようのない現実に上陸していたのでした。

あ、坊や、わたしはずいぶん文学的な言い方をしてしまいましたね。お母さんに手を引かれて信号待ちをしていらっしゃるけれども、おじさんはつまり起きた、と言ったのです。目をパチパチッと覚ましました。えー、坊やはさっさと行ってしまいました。

また、素早い干潮というのは潮の満ち引きの方のことでありまして、イチジクなどの関連する方面のアレではございません。素早いカンチョウと聞いて眉をしかめて歩き去った紺色のスカートの妙齢の女性、それはまったくの誤解というもので……。ともかく朝起きて一日を過ごしたわたしは、ただ今こうして夕方の五時ちょっと前、御茶《おちゃ》ノ水駅《みずえき》の横、聖橋《ひじりばし》のたもとに立っておるわけであります。

　聖橋口の小さな改札は、角を曲がった先で少し奥まっておりますからここからは見えませんが、それなりに混み合っていることでしょう。ホームで降りて自動改札を抜け出ると細い道。狭い横断歩道を信号など無視して数歩で渡れば、向こう側にまた細い道、さらにレンガのようなものを敷き詰めたちょっとした憩いの空間が、東京メトロ千代田線・新御茶ノ水駅へと降りていく施設の周囲にある。本日二〇一三年四月七日は日曜日ですが、それでもさすがにＪＲ総武《そうぶせん》線、中央線、さらに地下鉄丸ノ内線までが連絡するこの駅に人が集まらぬはずもございません。

　おそらく反対側の御茶ノ水橋口もそうでありましょう。ここからは橋が見えるだけでありますが、その上を行き交う人の数を見れば予想は容易です。御茶ノ水橋口。ゆるい勾配のある狭い、といっても聖橋口よりは余裕がありますが、あのアスファルト地帯はまことに落ち着かない。むしろ不思議なもので、駅前の広い道路を渡った小さな交番の横、プラタナスの大木の下に二、三人が待ち合わせしていることが多い。違いますか？　今、あなた少し笑いませんでしたか？　橋を向こうに行く女子学生の二人組？　これはあるあるネタの成功ではありませんか？　はい、二人は走って逃げました。

　皆さん、ちなみに本日は東京ぼん太の誕生日だそうです。わたしはウィキペディアで調べてきたのです。東京ぼん太と聞いて、聖橋交差点のこちらから淡路坂《あわじざか》の方へ渡ってゆく白髪頭の男性が振り向いてくれました。わたしのような五十代以上の人間しか、もう東京ぼん太を知らないのでしょう。唐草模様の風呂敷包みをしょって「夢もチボーもないね」「イロイロあらあな」と栃木訛《なま》りで漫談をしていた。昭和です。まぎれもない昭和。

特に活躍していたのは六〇年代から七〇年代半ば。学生運動華やかなりし頃で、同時に高度成長期まっただ中。公害があり団地が増え、雑誌に力があり、テレビ創成期といっていい時代。東京ぼん太は六三年にテレビ番組へとデビューしたとウィキペディアにありますから、かのクレージーキャッツが『無責任一代男』をヒットさせ、中で植木《うえき》等《ひとし》が太陽のように明るい顔で「こつこつやる奴《やつ》ぁ、ご苦労さん」と笑い飛ばした翌年、ぼん太師匠は「夢もチボーもないね」とボヤいて売れたのです。これはまさに社会の表と裏。

この聖橋の、関東大震災後の復興の一環で造られた、とやはりウィキペディアに書かれている見事なコンクリ製のアーチの上で、植木派、ぼん太派、一体どちらの人間がより多く駅側から湯島聖堂方向へ、あるいは湯島聖堂からこちらニコライ堂の方へと歩いたことでしょう。自然に上を向いて歩いた者と、わずかにアーチの影響で傾斜があるように感じられる舗道に目をやって、煙草《タバコ》の吸い殻など拾って歩いた者のどちらが多かったのか。

　とはいえ今、こうして橋のたもとにいても、わたしの目の前を通る人が何を考えているかはわかり得ない。微笑《ほほえ》みながら上を見ていたからといって幸福とも限らない。ああ、あの空行くカラスに両の目玉をつつかれ、のたうち回って橋から落ちてしまいたいと思って陶然としているのかもしれず、一方暗い表情で携帯電話をいじりながら近づいてくる赤いキャップの彼が、実はネットの株操作で三億円を稼いだばかりであるかもしれないし、しかもだからといって「こつこつやる奴ぁ、ご苦労さん」とも思わず、次の瞬間には消える可能性があることを知りぬいているからこそ「夢もチボーもないね」と低い調子でうそぶくことだって……今彼は目の前を通りましたが、わたしに向かって「何してんだ？　死ね、ジジイ」とはっきり言いました、実際は。

　ジジイこと、わたしが今おりますのは、ご覧の通り、ニコライ堂側の橋の左側のたもとで、つまり改札を出て左に曲がり、ご覧のように近未来チックな容《い》れ物の中、緑色の公衆電話が台の上にぽつんとひとつある脇であります。橋自体には、低い位置に「ひじりはし」と平仮名で五文字が刻まれている。そして、道路を渡ってすぐそこ、右側のたもとには「聖橋」と、これは漢字二文字であるのをわたしは知っております。

これは由緒ある橋なら日本全国にある習慣で、右側に漢字、左側に平仮名、それもいにしえの決まりを守るならばすべて濁音抜きで書かれると聞いたことがある。川の水が濁らないようにという日本的な言葉の呪術とやらで、わたしはこの雑学を携えて人と橋を渡っては右が漢字、左が……と得意げにやるのですが、近頃はどちらも平気で漢字という公共事業の不粋な橋造り。あるいは子供にも読みやすいようにとこちら側、向こう側四ヶ所すべてが平仮名で、しかも思いきり濁音だらけだったりする。聖橋とて「ひじりはし」とまでは澄んでいない。これはわたしの雑学が中途半端だったためでしょうか。「はし」だけ濁音抜きなら水は澄むのか。そんな身勝手な呪術であるならば、下を流れる神田川よ、濁れ。濁ってしまえ、とわたしはつい心の底で罵りの言葉を放ちそうになる。

えー、ではゴーゴリの『鼻』の場合は、どうだったのでしょうか。あのロシアの文豪が一八三五年に完成させた名作であります。場所はもちろん東京ではなく、ペテルブルグ。最初に出てくる橋は聖橋ならぬイサーキエフスキイ橋。たもとには漢字も平仮名もあるはずがない。ロシア語が刻まれていることでしょう。しかも元からイサーキエフスキイ、と濁音がありません。流れが清らかであることは明白です。その欄干によりかかり、下をのぞくふりをした理髪師《とこや》イワン・ヤーコウレヴィッチは「こっそり鼻の包みを投げ落とした」のであります した。それがおそらく一八三〇年代の、ある年の三月二十五日。つまり、日にちだけで言えば今から二週間弱前のこと。

皆さん、この「鼻の包み」とはなんでありましょうか？　花の金曜日とか、花の何十何期生とか、そういうハナではない。顔についている鼻、そう、そこの外国の方、ノーズでありますよ。そのノーズを包みに入れて隠し持っていたのがヤーコウレヴィッチです。

みなりはまことに貧しい。まず理髪師なのに、紺屋《こうや》の白袴《しろばかま》というやつで自分の鬚《ひげ》は伸び放題。着ている燕尾服《えんびふく》は汚れや色落ちで、ということでしょう、「茶色がかった黄色や灰色の斑紋だらけ」で、「襟は垢《あか》でてかてかと光り」と書かれています。これは岩波文庫の平井肇《ひらいはじめ》訳です。小さいなあ、文庫の字は。老眼には大変きつい。

そこへいくとわたしは皆さん、同じ橋の上にいても、いや同じ橋というわけではありませんが、ともかくご覧の通り、みなりはそれなりで、カーキ色のコットンパンツに白いボタンダウンシャツ、その上に黒いカーディガンをはおり、最終的に四月とはいえ夜の冷え込みを警戒して紫色の薄いダウンを着ております。そして白いマスクをしている。そのせいでどうも皆さんの耳に声がきちんと届いている気がいたしません。

ではなぜ、マスクを取らないかといえば……それはもう少しあとでお話しするとして、まずは『鼻』、ゴーゴリの『鼻』について確認してまいりましょう。通りがかりの皆さんに順序立てて話してなんになるのだといぶかしむ向きもありましょうが、わたしは皆さん、どこかのビルの窓の陰か、地下鉄入り口の階段を数段降りたところか、もしかすると大胆にもごく近く、こちらから見えない聖橋口改札の前あたりでじっとこの演説を聴いている誰かがいないとも限らないと信じているのです。もしかすると、それはあの人ではないか?

いいや、いなくたってかまいはしません。わたしは昔からこうなのです。頑固というか律義というか、つまり自分のためです。自分の話がとっちらかっていては困る。まことに理路整然とわかりやすく簡潔に、わたしは話がしたい。ところが中学生の頃など、級友に「話がまだるっこしい」とか「はしょってくれ」とよく言われたものです。わたしにとっての理路や簡潔は、聞く者にとって錯綜《さくそう》であり冗長だというわけです。

しかし皆さん、ここまではどうでしょうか? わたしはなかなかどうして上手に演説しているのではないですか? トラメガひとつ使わず、マスク越しに生の声でお届けしているわたしの話は、ずるずるっとペテルブルグへ移行します。かつては首都であったサンクトペテルブルグ。ソ連邦があった時代はレニングラードとも呼ばれていた都市。作者ゴーゴリの名作の多くがそこを舞台に生まれました。『外套《がいとう》』がそうです。『ネフスキイ大通り』がそうです。『狂人日記』も中にネフスキイ大通りが出てきますから、やはりそう。そして何よりも今は『鼻』であります。

さて、先ほどみなりを説明しました理髪師イワン・ヤーコウレヴィッチは、橋の上から「鼻の包み」を落とした。なぜそんなことをしたのかといえば、食卓に座って焼き立てのパンをナイフで割ったイワン・ヤーコウレヴィッチの目の前、ほかほかの湯気の中から他人の鼻が出てきたからです。

焼き立てのパンと申しますと、なんだか豊かな食卓を想像いたしますが、皆さん、どうやらそれは違うようです。イワン・ヤーコウレヴィッチはコーヒーを遠慮してパンを選びます。どちらか一方でないと暮らしは成り立たないようで、しかも「二つの葱《ねぎ》の球に塩を振って用意をととのえ」、イワン・ヤーコウレヴィッチはパンを切る。このあたりの食生活は興味深いところではないでしょうか？　焼き葱か茹《ゆ》で葱とパンの塊。ごちそうの響きがします。しかし少なくとも十九世紀前半のロシアでは、生活の苦しい都会人の朝食の典型なようで。わたしなど、本日も早朝トースト一枚で家を飛び出しておりますから、自分の方がよほど貧しいような気がしてくる。

トーストは高度成長期の日本を、またその後の日本を助けてまいりました。今でもそれは調理に時間と手間のかからない、しかも家計にさほど負担にならない食べ物ではないか。わたしが子供だった頃、つまり昭和四十年代、家は貧乏でした。父親は労働運動家で今は解党して消えてしまった政党の職員をやっており、贅沢《ぜいたく》ひとつしない人だった。その父は毎朝、トーストを食べていました。目玉焼きもついていたかもしれません。わたしは父がパン好きだと思っていました。トースターで焼いている母もそう思っていた。ところが、わたしが四十代半ばになった頃のこと。今から十年ほど前。正月三が日を過ぎたあたりで両親のもとに顔を出した折、わたしは母からこんな笑い話を聞いたのです。

「お父さんは何十年も朝はトーストと決まってるから、お正月はお餅でつまらなくないの？」

母は元日、冗談まじりに父にそうきいたらしい。すると、年に一日だけ昼から酒を飲むことを自らに許している寡黙な父がそっけなく、

「いや」

と答えたというのです。どういう意味か、母がはかりかねていると、父はきっぱり言ったそうです。

「今まで言わなかったがね、俺はパンは好きじゃねえんだ」

「え？」

「パンは嫌いだ」

　わたしが生まれる前からの習慣だそうですから、少なくとも五十年間弱、父は朝食としてトーストを毎日食べていました。日に一枚として、一万八千枚ほどのトーストをです。しかし、父は母が出すから食べていただけだった。それが母の都合だと思えばこそ、文句ひとつ言わずにむしゃむしゃやっていた。まことに昭和の人です。実はそれ以後も、母はだからといって他に出すものがなく、朝はトーストを焼いているようです。父も無言で食べている。好きでもないパンを、いまだに父はむしゃむしゃと食べています。

　ただ、そこから他人の鼻が出てきたら、さすがの父も黙って食べているわけにはいきますまい。しかもペテルブルグのイワン・ヤーコウレヴィッチの場合、それが理髪店の常連である八等官コワリョフのものだとすぐわかった。「毎週水曜と日曜とに」彼の鼻を持ち上げて髭《ひげ》を剃《そ》っているからです。女房に警察沙汰をほのめかされ、どなりつけられてイワン・ヤーコウレヴィッチはパンから出てきた鼻をぼろきれに包み、それを捨てに家を出る。知り合いの鼻を削《そ》いでしまった可能性があるからです。

　あのドストエフスキー、文学にそれほど興味のない皆さんも近年新訳でまたベストセラーになった大作家の名前は耳にしておられるでしょう。そう、『カラマーゾフの兄弟』、あるいは『罪と罰』です。よく答えて下さいました、少々早い時間からアルコールの入った若い方。隣の茶色いロングヘアの美人さんは御同僚ですか、先ほどから腕を組みそうで組まない。のっぴきならない関係に見えますが……あ、唾をお吐きになって信号を渡られました。『永遠の夫』なんて奇怪な名作もありますよ、若い方！　女性にはくれぐれも……。

　えー、ともかく、皆さん、ドストエフスキー、あの偉大なるロシア文学の重鎮が「われわれはみなゴーゴリの『外套』から出てきた」と言ったことは、大変に有名なのでありますゴーゴリこそがロシア近代文学の祖だと言っている。その時、なぜドストエフスキーは『外套』の方を持ち上げたのか。確かに物悲しさ、貧しさへの共感と諧謔《かいぎゃく》、さらには民話的な前近代性に接続して終わる不可解さも含め、『外套』には書き手へのたくさんのヒントが詰まっています。

　しかし『鼻』でもよかったはずだ、とわたしは思う。そこにはこれからお話ししていきますが、夢のようなつかみどころのなさと、破天荒な筋書き、そして何よりも笑いが満ちています。語り手が最後にふとあらわれるあたりにも『外套』に似た、多種多様な語りの混在が試みられている。ドストエフスキー氏はしたがって、単に表現の座りが悪かったから『外套』と言ったのではないでしょうか。「われわれはみなゴーゴリの『外套』から出てきた」と言うのは格好がいい。対して、「われわれはみなゴーゴリの

『鼻』から出てきた」ではどうか。お前は鼻水か、ということになる。

　鼻水といえば、ペテルブルグで三月二十五日といえば、まだ気温は零度以下です。観光サイトを見れば、くわしいグラフが出ている。わたしたちの東京が桜の開花宣言にわいたのが数日前ですから、やはりロシアの気候はまるで違います。ペテルブルグはひどく寒い。

　ただ、ここでひとつうんちくがある。そのまま三月二十五日ととれば、ロシアの川の表面は凍っていたはずだ。鼻の包みを橋から落としたイワン・ヤーコウレヴィッチは頬《ほお》髯《ひげ》をたくわえた巡査にみとがめられ、何をしていたのかと詰問されて、こう答えます。

「河の流れが早いかどうかと、ちょっと覗《のぞ》いてみましただけで」

　ネットでかちゃかちゃ調べてみると、海外のウィキペディアには、ゴーゴリが『鼻』を書いた一八三〇年代のイサーキエフスキイ橋、聖イサク橋の挿し絵が載っている。その絵を見ますとね、川は凍っていて市民たちがその上を歩いておりますよ、皆さん。

　そんな季節に「河の流れが早いかどうかと、ちょっと覗いてみましただけで」と答えたとすれば、巡査は当然「流れが早いわけがないだろ、凍ってるんだよバカ！」と言うでありましょうし、「それよりお前が落としたあの包みはなんだ？　氷の上にあるアレじゃ！」と指で示され、下手をすれば一緒に氷の上に拾いに行かされて包みは開かれ、殺人事件化していたのではないか。

　ご安心下さい。当時の暦は十二日ズレていたのです。ですから、三月二十五日は四月六日。平均気温が零度を超える春先のことです。つまり、イワン・ヤーコウレヴィッチが「河の流れが早いかどうか」を見たと言い訳するのは、雪解け水がとうとう流れ始めていたためでしょう。いわば「いやはや春ですなあ」と言って巡査をごまかそうとしたのです。

　あ、わたしは小説を史実とつき合わせてどうこうしたいわけではありません。ただ、春を喜ぶわたしたちの、今日この日の感覚は、そのまま『鼻』の世界の下敷きになっている。イサーキエフスキイ橋の下、ネヴァ川には春の水が流れ込んでいた。この聖橋の下で線路の脇をゆく神田川のように。まだ冷たいその水の奥へと「鼻の包み」は沈んだ。「一体その先がどうなったのか、とんと分からないのである」と、ゴーゴリの『鼻』第一章はそこで終わります。

　鼻は失われた。八等官コワリョフの鼻は。そして以後、とんでもない出現をする。あたかも川の底が異次元へと通じるかのように。

　では、わたしの鼻はどうでしょうか？　どこにあらわれ、どこで包まれて捨てられ、今はどこにあるのか。

何を言っているのか、という顔で振り向いて下さったあなた、ありがとうございます。むしろ聖橋ではなくてお茶の水橋の方へ行き、渡ってすぐの東京医科歯科大学医学部附属病院心身医療科へ行くべきではないか。あなたはそういう表情をなさっていましたよ。もうすっかり背中しか見えませんが。しかし皆さん、わたしは決しておかしなことを言っているのではありません。さて、わたしはなぜ先ほどからマスクをしているのか。

この橋のたもとで皆さんにお話をするにあたって、この大きなマスクが邪魔であるにもかかわらず、です。眼鏡がくもらないように、鼻の上あたりにスポンジが付いている少し値の張る商品ですが、くもるくもらないだけでこれを使っているのではない。立体的な形をこのマスクは演出してくれる。だからこそ、わたしは家を出る時からこれをひとときも外さずにいるのです。

しっかりと耳を傾けて下さっている方なら、もうおわかりでしょう。皆さん、わたしの鼻もないのです。八等官コワリョフ、少佐と自称して見栄《みえ》を張っている頬髯の男同様、目と目の間のわずかに下あたりが「すべすべののっぺらぼう」になっている。橋のたもと、濁音があったりなかったりする「ひじりはし」側にいるわたしは、濁音ではなく鼻がない。

ただし、コワリョフと違うのはある朝突然そうなったのではないということです。わたしは自分が鼻をなくした時期を知りません。ほんの少しずつ鼻は欠けていったのでしょうか、それともやはりある朝消えていたのにわたしが気づかずに過ごし、だんだんと〝もしかして俺は鼻をなくしているのではないか〟と疑念を持ち始め、だが真実を認めずにひと冬くらい平気で経過したあげく、やっぱりどうやら完全に俺の鼻はないと観念するに至ったのか。

なぜわたしの周囲の少なからぬ友人たちがその重大事を指摘してくれなかったのかといえば、冬はインフルエンザ予防、防塵《ぼうじん》、飛散する放射能から身を守るため、春はそれに加えてスギ花粉対策としてなおさら、わたしはマスクを手放さないからです。ご通行中の皆さん、皆さんもそうじゃありませんか?

この十年ほどの間に、わたしたち日本人はしょっちゅうマスクをするようになった。具体的にはＳＡＲＳをきっかけとして。空気を信用出来なくなった上に、このマスクというやつは表情を隠してくれる。マスクさえしていれば、我々は人ごみで誰でもない人間になれる。目だけぎょろぎょろさせて他人を観察していられる。路上で揉《も》め事があっても透明人間のように遠巻きに様子を見て、事態が面倒な方向に進んだ途端、知らんぷりで去ることが出来る。顔を見られることがないからそこにいたという証拠が残る心配がないし、顔というのはやはり人間なのです。都合よくいなくなろうとした時、誰かに顔を見られればわたしたちは恥を感じる。何かモゴモゴと言い訳を言わなければいられない。顔は社会への扉です。その突端が鼻である。

それをマスクは覆い隠すのであります、皆さん。そこの男性もおばあさんも、その向こうの女学生さんも、黄色い帽子をかぶった小学生三人組もみんなマスク。民族衣装かと思うくらいマスク。見てご覧なさい、街行く人の半分がマスクをしている。自分だけ消して他人を見ている。しかしその他人もマスクで消えている。ここはそういう国になったのであります。

もしもあの朝、ペテルブルグの三月二十五日から二週間ほど、コワリョフ少佐がマスクをし続けていたら、彼が鼻をなくしたことは露見しなかったでありましょう。マスクのかわりに「ハンカチで顔をおさえて」コワリョフはネフスキイ通りへ出ました。

そして、とんでもない光景に出会うわけです。

わたしにだって、そういう光景に出会う権利があるのではないですか、皆さん？　ようやく鼻がないことを認めたわたしにだって。

おや、気づいたらパラパラと十人ほどの方が立ち止まって聴いてくれているではありませんか？　全員がマスクをしている。そうです、わたしが話しているのはあなたがたのことでもあるのですよ、聖橋の上の皆さん。

## 2

さて皆さん、とつぜんですが後藤明生《ごとうめいせい》という作家をご存知ですか？

わたしは立ち止まってくれた人々が去るのを覚悟で、そう演説を続けた。

聖橋でわたしの言いたいことの、もうひとつの主眼はまさにそこにあったからだ。であるから、わたしはあらかじめ時間をかけて書いた以下の文章をプリントアウトし、紫色のダウンの上に斜めがけした焦げ茶のバッグの中に透明ファイルに挟んでしのばせてあった。いざとなればそれを朗読出来るように。

後藤明生。一九九九年、ゾロ目の世紀末に六十七歳で逝去した文学者。

どこか異端の、と枕詞《まくらことば》を付けたくなるような作家である。といって読めばすぐにおわかりになる通り、過激な作風ということではない。「内向の世代」と言われる一群の書き手の間で、最もひょうひょうとしてつかみどころなく、かつ実はひどく切れ味のいい刃物じみたものを文章の向こうにひらひら光らせていた人。少なくともわたしにじわりじわりと影響を与え、結果かけがえのなくなった作家である。

決定打はいわゆる代表作とは言いにくい中編、『吉野大夫《よしのたゆう》』であった。毎年避暑にでかける追分《おいわけ》の「山小屋」で、わたしは追分宿の遊女のことを書こうとする。だが、その遊女の墓探しを始めようとして「ほとんど忘れてしまった」と後藤は書く。「二夏か三夏は過ぎてしまった」と。ようやく重い腰をあげて行ってみて、墓に書かれた文字をメモ用紙に写し取るが、書く段になるとどこかへなくしていて見当たらない。いい加減である。

そもそも冒頭、「いわゆる稗史《はいし》小説なるものの筆法をよく知らない」と後藤は言う。それ以上にわたしなど、稗史小説自体をくわしく知らないのだが、つまりは歴史を土台にした小説を書くつもりはない、と宣言しているわけだろう。そして小説中盤、話が西《さい》鶴《かく》『好色一代男』へとズレていくと、後藤明生は調べればわかる研究書の中の語句の意味について、とうとう「いまはその気もない」と言ってのける。調べる気はない、と。

この一貫した「一人のまことに不精なシロウト」ぶりに、皆さん、わたしがどれだけ救われたことか。まさにわたしは調べ物が嫌いな自分にコンプレックスを感じていたし、脳に問題があるのではないかと真剣に考えるほど忘れっぽく、とても自分は物書きに向かないと思っていたのである。だからわたしは後藤明生の『吉野大夫』があればこそ、いつかまた小説を書く日が来てもいいと心の命綱みたいな扱いをしていたのである。

しかし、『吉野大夫』との出会いは作者が亡くなったあとのことだった。そして、まだ後藤明生の小説の自由さに心を撃ち抜かれていないまま、無自覚な私は生前の本人と二回接触していた。

一度目は自分が最初の小説を出版したあとのことである。子供たちがテレビゲームの噂《うわさ》に翻弄され、街に出て奇怪な行動を起こす話だった。本が出てしばらくすると、押上《おしあげ》に住んでいたわたしの家の郵便ポストに一枚の葉書が届いた。それは日本文藝家協会に貴殿を推薦する、といったような内容が印刷されたそっけない葉書で、確か下の方に後藤明生と柄谷行人《からたにこうじん》の署名があったように思う。二名の協会員の推挙によって、協会に入れるシステムだと印刷にはあったはずだ。

わたしは集団に所属する習性がなかった。なのでそのまま葉書は無視されかけた。ただ、当時誰かに私は「日本文藝家協会に入ると何かいいことはありますか？」と聞いた記憶だけがある。答えは「協会の墓に入れます」であった。あれは誰だったろう。軽みのあるおかしな返答である。

と、ここまで書いてきてわたしはギョッとしている。それは後藤明生自身だったのではないか。手元にもう葉書はないから確かめようがないが、署名の下に電話番号があったのではないかとわたしはおぼろげな記憶の中の映像を何度も脳裏に浮かべ直しているのである。

「何かわからないことがあったら御連絡を」と走り書きがあったようにも思う。実際に当時、わたしには日本文藝家協会に関して質問するべき知人が一人としていなかった。もし万が一いたとしても、わたしは「日本文藝家協会ってなんですか？」と言ったはずなのである。まったく知らない組織であったから。

「日本文藝家協会に入ると何かいいことはありますか？」と言っている時点で、わたしは入るか入らないかの選択を前提としているのだし、迷ってみせて相手を笑わせようとしている。今の今、わたしはそう断言出来る。そして相手もそのわたしに対してポーカーフェイスでユーモアを行使した。

「協会の墓に入れます」

これはいかにも後藤明生的なのである。

ただし、一方の柄谷行人もそういう笑わせ方をしないわけではない。わたしが後藤明生と電話で話さなかった可能性も依然としてある。ちなみに、柄谷行人はその二年ほどあと、永山則夫《ながやまのりお》問題で中上健次《なかがみけんじ》、筒井康隆《つついやすたか》と三人で当の日本文藝家協会を脱退するのだった。数年でやめる人が墓のあるなしでわたしを釣っていたとしても、それはそれで面白い話だろう。

それから十年ほどあとか。昵懇の知人たちから時たま出てくる思い出話を組み合わせると、わたしは近畿大学文芸学部で教授を務めていた批評家渡部直己《わたなべなおみ》に呼ばれ、東大阪のキャンパスに出かけた。すでに渡部氏とは数年、一九九二年八月に亡くなった中上健次に関する新宮市《しんぐうし》でのシンポジウムで夏ごとに会っていた。

熊野《くまの》大学という名のもと、今も形を変えて続くこのシンポジウムの確か三年目、一九九五年八月にわたしは基調講演を頼まれて真夏の新宮市に行った。「奇蹟《きせき》の名前」というその講演の内容は太田出版の『中上健次と熊野』に採録されたから、調べ物が面倒なわたしにもそれが何年のことだったかわかる。というか、講演タイトルもそれでわかった。

緑色をした巨大な熊野川がゆったりと流れる脇の二車線の道から車が山沿いの細道へ左折すると、うねうねと支流をさかのぼり、やがて透明で冷たい水が勢いよく流れる小川のそばの、高田グリーンランドという温泉付きの会場へ到着する。当時は山道がまだ未舗装で雨など降ると土が崩れて恐《こわ》かった。

この〝透明で冷たい水が勢いよく流れる小川〟は、渡部氏によれば中上健次『枯木《かれき》灘《なだ》』の冒頭近くに出てくるのである。主人公秋幸が従弟《いとこ》の徹と洋一とともにダンプカーに乗って山の中に入り、鮎《あゆ》を手づかみにして遊ぶ川。ちなみに熊野川から左に入るはずの道を、中上は「道を右に折れ、支流に沿って入った」と書いており、渡部氏は年来それを愛らしい間違いだと熱い鼻息と共に指摘してやまない。俺たちだってお前の故郷のことをよく知っているぞ、というわけだろう。

その秋幸の鮎捕りではないが、わたしもシンポジウム参加の年、海の魅力のことばかりしゃべる渡部氏の誘いに乗り、釣具屋でヤスや網を買って那智勝浦《なちかつうら》の方まで出かけると、奥まった浜にシートなど敷いて海に入り、カサゴやウマヅラやアイナメを突いて浜辺で焼いて食べる遊びをした。

作家奥泉光《おくいずみひかる》を含むわたしたち三人のこの夏の行事はいまだに十数年続き、次第にわたしたちはシンポジウムにさえ顔を出さなくなって、ただただ中上が書いた鮎捕りに似たことをするためだけに夏の浜に数日いるという形骸化、もしくは本質化の一途をたどっている。この〝漁労〟集団に、熊野大学水産文芸学部という名前をつけたのはわたしである。

そうした縁で、わたしは海遊びの仲間に乞われて近畿大学へ講演をしに行ったはずなのだが、その時、近鉄長瀬駅から歩いて十五分ほどの場所にある学内の、文芸学部長室に行かなかったわけがない。大きな机に本や資料が積み上げられていたというのは、他に本などで見た白黒写真からの贋《にせ》の記憶だろうか。その向こうに太い黒ぶちの眼鏡の男がいて、つかみどころのない会話を短くかわして退散したのも後からの記憶の捏造《ねつぞう》だろうか。実際、浮かび上がってくる映像はモノクロームである。

少なくとも、その大阪のマンモス大学に奇跡的に出来た文芸学部のトップを引き受けたのは、まぎれもなく後藤明生であった。一九九九年八月に亡くなるまで、後藤はその職についていた。大学に渡部直己を呼んだのもまさに後藤明生だったはずだ。だから、わたしが挨拶に行かないはずはなかった。

となれば、九六年から九八年までの三年間あたりのことではないか。わたしは数字にめっぽう弱いが、いくらなんでもこれはわかる。わたしはおそらくその人に会ったのだ！

その頃までに読んでいた後藤作品は本棚をつらつら眺めて逆算すると『首塚の上のアドバルーン』『スケープゴート』『小説——いかに読み、いかに書くか』あたりだろう。小説本体に関しては、なんだか不思議な書き方をするなあと思っただけだったと思う。いや、不思議なだけならわたしは読みさしにしてしまうから、むしろ不思議に読ませてしまう秘密は何だろうと考えたに違いない。

何よりもわたしを惹《ひ》きつけていたのは、名著の誉れ高い新書『小説——いかに読み、いかに書くか』だったはずだ。〝人は読んだから書くのだ〟というフレーズは今でもよく引用されるし、わたしもする。

その頃、わたしはまだ、もうひとつの誉れの頂点『挾み撃ち』を読んでいなかった。高い値段で古本を買うか、図書館に行って探す以外、その噂の小説を読む方法はなかった。したがって一九九八年、講談社文芸文庫のシリーズに入るまで、わたしはその本の内容を想像しているだけだった。挟み撃ちというからには、何か勇ましい話ではないかとわたしは考えていた。ゴーゴリの『外套』をめぐる話だということだけは聞きかじりで知っていた。そのあたりの顚末《てんまつ》については、またあとでくわしくお話しすることになるだろう。

それはともかく、自分の中からオリジナルな表現が出てくるなどというのは幻想だ、と『小説――いかに読み、いかに書くか』で後藤明生は言った（はずだ）。常に作家には先行作品があり、それを読んで呼応するように書く、と言った（はずだ）。それはヒップホップでいえばサンプリングでトラックを作るようなものだ、とは言っていない（絶対）。なんにせよ、文学は書き方の発見の歴史だから読まない限りは書き方などわかるはずもない、という考えはまことに科学的なのである（その通り！）。そして、〝人真似《ひとまね》〟を徹底的に嫌って自分だけの書法を探そうとするロマンティックな愚か者には、『小説――いかに読み、いかに書くか』は最良の処方せんであった（絶対の絶対）。

にもかかわらず、皆さん、わたしこそがその愚か者だったのであります。九七年に最後の連作小説をまとめたあと、実質十六年間、わたしは小説が書けなくなってしまうわけだから。これはまったくもって、どういう風の吹き回しでしょうか。この符合はなんでありましょうか。

プリントアウトした文章を基礎とした聖橋での世紀の大演説。それをスマホで録音して、こうしてひと言も漏らさず文字化しているわたしは、演説のずいぶんあとで渡部直己にメールで詳細を問い合わせた件に関しての情報もここに書き加えておきたいと思う。意外なことに、どうやらわたしは「国文学専攻連続公開講座」のひとコマとして、近畿大学に呼ばれていたのだった。

「であればますます後藤さんに引き合わせているはずです」というのが渡部直己のメールでの証言だった。つまり彼もそこにだけ記憶の空白があった。調べ物が得意な大学の元同僚クワバラ教授によれば、イベントは一九九五年。タイトルは『ダザイ・システム』。新宮市で中上健次についてしゃべったその年、わたしは東大阪で太宰治《だざいおさむ》の小説の構造について講演していたことになる。記憶にない大活躍である。

皆さん、太宰治を感傷的に読んでも面白くもクソもありません。徹底的に構造だけを読むと、むしろ太宰の敏感さがよくわかる。語り手がいないかのように見せかける近代文学への疑いから、彼は「わたくしダザイは」などと書き手を突如前面に出す。あるいは語り手が順番に替わるような小説を書く。これはまるでゴーゴリですよ、皆さん。『鼻』のラストもまさに、これ。作者が急に出てきて「さっぱり訳が分からない！」と言うのですから。太宰流に破綻を強調していないだけで、ゴーゴリこそ近代文学が整地してしまう前の豊かな大地を掘り起こしていたのです。

そんな風にわたしは一九九五年、鼻の下にうっすら髭の生え始めた男子学生たち、色気づいて髪を触ってばかりいる女子学生たちに語りかけていたのだろうか。太宰とゴーゴリを重ね合わせて。いや、その頃のわたしはまだ鼻を失ってはいなかったし、マスクも流行していなかった。だから前半の「ダザイ・システム」だけを話して、わたしは打ち上げの席に向かったのではないか。

渡部直己からのメールで他にわかったことなのだが、近畿大学での講演の打ち上げで、小説を書いているが載せる場所がないとわたしから相談され、その場で『批評空間』の編集委員だった柄谷行人に何度も電話をして、連載が決まったのだそうだ。「記憶が鮮明に蘇《よみがえ》りました」とまで渡部直己は書いているが、当のわたしはまったく覚えていない。ともかくそこでわたしの長いスランプ直前の短編連作『去勢訓練』を発表する場が出来たらしいのだった。だが、その頃早くも書くことが苦しくなっていた。意味を連ねることに萎えて、息もたえだえだった。結局、その連作を最後に、わたしは虚構を書くのをやめてしまう。

こうして年代を推理していき、文を連ねているうち、わたしが物書きとして沈黙してしまう寸前に、あ、聞き取りにくいですか？　少し疲れてきて声が小さくなっていたようです。えー、皆さん、これでどうでしょう？　あ、わたしのことじゃない？　はなから聞いてない？　というか、今は演説をしているはずがない？　まさかまさか。わたしは自由自在でありますよ、皆さん。

すなわち、わたしにとっての重大な時期にわたしは後藤明生に会っていたようなのです。当時、すでに何を書いても体から力が抜け、「こんな虚構になんの意味があるのか」「何も新しいことは書けない」と吐き気がしていた。そういう症状に一番よく効く薬を持っていた人、「意味？　虚構自体が意味ですよ」「新しい必要なんてないが、書けばいやでも新しくなってしまうのでは？」などと呵々大笑《かかたいしよう》してくれるような最重要作家に、わたしはスランプの初期にすでに出会っていた。この事実は不意打ちでありました。

わたしはもじもじして学部長室からすぐさま退散した。そうに違いありません。同席しないはずもない渡部直己の気の短さも事態に拍車をかけたでしょう。わたしたちは挨拶もそこそこにドアノブに手をかけ、むしろ頭を廊下の方に下げる勢いで外に出たのではないか。ありそうな話です。

わたしは興味のある相手を前にすると途端にしゃべれなくなる。その場から逃げ出したくなる。そして、あとから必ず悔やむ。これはまことによろしくない性癖で、人生の中で何度も大損をしている。

両国あたりの黄昏《たそがれ》どき、小劇場から駅へとゆっくり歩く歌舞伎学の大家、晩年の郡司《ぐんじ》正勝《まさかつ》に声をかけそびれた。何度かお会いしたことがあったのに、である。ある劇場の最後列に苦しそうな息をして車椅子であらわれた免疫学の大家、多田富雄《ただとみお》と終演後に言葉を交わさなかった。一度お会いしたことがあったし、多田さんのエッセイを愛し、いつでもその人柄と思想を尊敬していたのに。なぜ話しかけなかったか、わたしは今も悔いている。人生は一回しかないのに、何を照れていたのか。自意識過剰なわたしは。先人からの強烈なメッセージを受け取れるかもしれないチャンスに。

水道橋博士《すいどうばしはかせ》という芸人の、ある名エッセイの中に、作家百瀬博教《ももせひろみち》からの重要な教えが書かれている。どの本だったか、たぶん『お笑い　男の星座』あたりではないかと思う。このシリーズのどれかには自分も帯文を捧《ささ》げている。だが、正確なことを調べる前にまず言ってしまいたい。

出会いに照れるな。

百瀬はそう博士に言う。博士が打たれたこの教えの、なんと力強く有効で人生を即座に変えてくれることか。

出会いに照れるな。

確かに多くの自意識過剰人間が、出会いに対して腰が引けてしまう。なにしろ自意識過剰だから、自分なんかが話しかけていいものだろうか、迷惑しないだろうか、ひょっとしてあの人は俺を覚えてないいんじゃないか、話しかけたとしてうまい話題を見つけられるかどうか、あるいは俺のために無理をして話をしてくれやしないか、と次々考えて結果、恥ずかしくなる。気まずい空気を先に想定して、顔を赤らめる。話しかける前に照れるとは何事だろうか。

出会いに照れるな。

この言葉を百瀬博教にかけられて水道橋博士も人生が変わったと言っているのだが、その様子を本で読んだわたしもそうだった。十全ではないにせよ、以来わたしは勇気を振りしぼって尊敬する人に近づくようにしている。迷いが十回あれば、六回は近づいているつもりだ。いや、五回か四回は近づき、三回は話しかけようとし、うまいタイミングで相手がこちらを向けば二回は頭を下げて名乗る。昔は十回に一回近づくのみだったから、わたしはずいぶん積極的になったのである。

だが当時は違った。まるでだめだった。わたしは後藤明生のまん前に連れて来てもらったにもかかわらず、たぶんへどもどしてかえって生意気に見えるような挨拶をし、あの変幻自在な文を生む人の醸し出すムードを自分に感染させなかった。「文は人なり」をわたしは信じないが、「人は文なり」は信じる。わたしは生の後藤明生を〝読まなかった〟。妙薬をのみ損ねた。

その人がこの世を去って、さらに十年ほどすると、わたしは何の縁か、近畿大学の国際人文科学研究所という組織に特任教授として所属し、月二回ずつ東大阪に出張して、文芸学部の学生の前に都合四年間立つことになる。時はずいぶんあとだし、組織図としても複雑なのではあれ、わたしはついに後藤明生の部下のようなものになったのであった。

わたしを口説いたのは主にあの渡部直己だった。彼はその三年ほど前だったか、知人たちからの依頼でわたしにまず早稲田大学で教鞭《きょうべん》を執るように誘った。自分は近畿大学の教員であるのに、だ。わたしは実は大勢の前でしゃべるのが大の苦手である。こうして次々に目の前を通り過ぎてくれているならいいのだけれど、じっと座ってつまらなそうにされるのは困る。ウケないと不安になる。聴いている全員の心を動かしたり、役立ったりしたいと思う。芸人根性である。だからひとコマ一時間半を幾つもこなすなど不可能だ。

しかしだからこそ、わたしは面白いかもしれないと思ってしまった。こういうのをヘソ曲がりというのだろうか。「不得手なことにこそ自分の可能性がある」と年来、わたし自身が主張していた。特に年下の書き手や芸人、雑誌インタビュアーに向かって。得意げに。

内諾してからの半年弱、わたしは文学の歴史を勉強しなければいけないと思い込んだ。その前に現代思想の見取り図もわかっていたいと考えた。学生に講義をするなら、きちんとやりたいとわたしは自分の能力を超えて妄想をふくらませたのだ。

早起きをした。最初に現象学をやっつけようと机に向かい、フッサールなどを開いた。本棚の奥からメルロー゠ポンティを引っ張り出したりもした。書いてあることがまったくわからなかったので大急ぎで解説書を買い、それを朝読んだ。何度線を引き、ノートに写しても意味がわからない。それが三つある授業のうちの、たったひとつのための予習だった。焦りに焦った。

わたしは体系的に物事を学ぶのに向いていなかった。昔からそうだったのを、わたしは忘れていた。多少難しいことも理解出来ると過信していたわたしは、鼻をへし折られた形だった。折られた鼻の前に『ヨーロッパ諸学の危機と超越論的現象学』があり、『知覚の現象学』が虚《むな》しくページを開き、『現象学入門』的な新書が散乱していたわけだ。

ちょうどその時期、二〇〇六年のこと、わたしはシティボーイズという先輩コントグループが毎年やっている舞台に久しぶりに出演することになっていた。学生時代からわたしは一回り上の世代の彼らとコントをやっていたから、ほとんど親戚のようなものだった。

朝勉強して暗澹《あんたん》とし、昼過ぎに稽古に出かけてコントを考え、他に仕事があれば夜やるという生活が続いた。稽古場で休憩時間、メンバーに早稲田からの打診を打ち明け、やるべきだろうかと何度も相談した。お前なら出来る、とみんなが必ず言った。若い頃からわたしを知るメンバーは、わたしを過信していた。彼らにとってわたしは自慢の甥《おい》っ子だった。お前なら出来る。メンバーはわたしが毎朝、意味のわからない文を前にして泣きそうになっている事実を知らなかった。大学との契約は戦車のごとく粛々と進みつつあった。

つまりわたしは、後藤明生の『吉野大夫』のことをもすっかり忘れていたのです、皆さん。自分の能力をはるかに超えたことをやろうとし、わたしは妙に真面目になってしまっていた。『吉野大夫』にはこうあります。「学者のやり方で何かを研究したつもりはないし、そもそも自分がそういうことに向いている人間だと思ったことがない」

開き直りのようでいて、これは「小説家」というものの的確な定義である。学問なら学者がやればいい。小説家はむしろ門外漢であれ、と後藤明生は言っているのであります。だが、わたしはその定義によって解放された自分の過去を忘却していた。専門家なみに物を知ろうとして真正面から勉強し、そのたんびに壁にぶつかり続け、帰宅する途中で小さなお稲荷《いなり》さんの前を通る度、わたし自身が消える手段があればそれを行使して下さいといつの間にか心の中で祈願していました。

そして、ついに劇場入りの前日、稽古場に舞台監督チーム、音響、照明、衣装などが集まる中、わたしは自分がパニック障害になっていることを打ち明けないといけない状態になっていました。数日、動悸《どうき》が激しくなり、汗が出て、とても落ち着いて一ヶ所にいられませんでした。稽古場まで来る電車の中でも、わたしは窓を開けて転落したくなっていた。そんな状態で、翌々日から本番などつとまるはずがありませんでした。

リーダー格である大竹まことの前に、わたしはふらふら近づいていき、自分が神経を患ってしまったこと、恐くてとても人前に出られそうにないこと、コントの途中で袖に逃げてしまうかもしれないこと、どうしたらいいかわからないことを小さな声で話しました。稽古場が静まり返ったのを覚えています。

しばらく待ってくれと大竹さんは言い、主要スタッフを集めて話を始めました。それはそうです。すでにチケットは全国で完売。大きな金額が動いてしまったあとのことです。わたしが出られなくなったら急遽《きゅうきょ》代演を立てるのか、どうするのか。けれど、わたしにそれを考える余裕はなかった。じき、わたしは大竹まことが座っている長テーブルに呼ばれました。低い声がやはり小さく響いた。

「お前が無理だと言うなら、俺は全公演を中止してもいいと思ってる。スタッフにもそれは伝えた。だけど、やれるところまでやってみるのはどうだ？　途中で袖に引っ込みたくなったらいつでも引っ込めよ。俺たちがお前の背中を必ず笑いにしてやるから。そのあとの公演から全部中止にすりゃいいじゃないか。どう思う？　ぎりぎりまでやらないか？」

　わたしはまったく自信のないままうなずきました。そしてかかりつけの医者に強い精神安定剤を緊急に出してもらい、次の日から舞台に出て、人を笑わせました。袖にはわたしの早着替えの介添えを担当する女子がいて、わたしから渡された白い錠剤を常に持ったまま舞台を見ていました。もしもコントをやめて駆け込んで来たら口に放り込んでくれ、と言ってあったからです。

　しかし、駆け込むことなど出来ないのは自分でわかっていました。その場から逃げようと決めた瞬間、わたしの足はもつれるはずだった。叫びにもならない声と一緒に嘔吐《おうと》するのかもしれなかった。失禁して舞台を転げ回り、泡でも吹いて丸まった舌を嚙《か》み切ってもおかしくなかった。なんであれ、自分はこの世のものでなくなる。だからこそ、わたしは恐いのでした。電車が、特にしばらく止まらない急行が、高さのあるビルが、閉じたエレベーターが、生放送のテレビスタジオが、ラジオのブースが、そして観客の前の舞台が。

逃げたい。しかし逃げれば狂ってしまう。だからそこでじっと耐えている。

まったく、舞台も舞台裏もコントでした。

わたしたちは昔からひとつの大きな楽屋で一緒に過ごすのが習慣です。普通、主だった役者ごとに楽屋があり、あとは大部屋になります。でも、シティボーイズは一貫して、女性以外は全員同じ大部屋で過ごし、あれこれしゃべり続けます。劇場入りから退出まで。

その大部屋のリノリウムで出来た床にわたし用の畳が一畳敷かれました。掛け布団も用意されました。というか、頼んだのはわたしでした。劇場に入ってすぐ、わたしはそこにもぐりこみました。椅子に座っていると力が抜けて、同じ姿勢を保つのが苦しいのです。弁当を強制的に口にする時だけ安定剤を飲んで起き出し、セリフ合わせも布団に入りながらやりました。そして舞台直前になって強い安定剤を追加で口に入れて、わたしはいちかばちかで板の上に乗りました。

これはきたろうさんがのちに何度か言ったことですが、わたしは楽屋で布団を口のあたりぎりぎりまでかぶったまま、前日の舞台について毎日メンバーに指示を出していたそうです。大竹さん、あそこは設定から外れたアドリブやめて下さい。きたろうさん、ちょっと新鮮さを失ってるんですよね。斉木《さいき》さん、セリフは正確に。有志《ゆうじ》さん、あそこもうちょっと強く言ってもいいんじゃないですか。とにかくみんな、全体にテンポがよくない。あげていきましょう！

布団の中のそんなわたしを見下ろして、きたろうさんはこう思っていたそうです。

お前の心のテンポが一番おかしいんだよ。

ああ、その通りです。単にパニック障害であれば、そんなことはしない。わたしはすでに狂人でした。自分が誰よりまっとうだと思って、他人の芝居にダメを出していたなんて。布団の中で震えていたくせに。いつ自分が袖に引っ込んでしまうかわからないまま舞台に立っていたくせに。芝居がハネたあと感情が不安定で電車にもタクシーにも乗れず、斉木しげるさんを乗せて帰る車の後部座席にお邪魔して、まったく別方向なのに毎日家まで送ってもらっていたわたしが。市販されている公演記録映像を見れば、わたしが人間味のまるでない正確無比なツッコミをし、目の奥に感情ひとつ持っていないことがわかりますよ、皆さん。

公演中だったか、早稲田大学へ正式に誘ってくれた知り合いの教授におそるおそる、わたしはパニック障害になったことをメールで伝えたはずです。そして、とても学生の前に出られない、とドタン場でのキャンセルをしたと思う。それでずいぶん気持ちは楽になったはずでした。近所のお稲荷さん、ちなみに「嬉《うれし》の森《もり》稲荷」というかわいらしい、いかにもハッピーなことを起こしそうな名前ですが、その社にもわたしは通りがかりに丁寧に頭を下げました。当時は原因をはっきり認識していなかったので、急激な回復はしませんでしたけれど。

いや、違う。何かが違う。ここまで書きながら、わたしは何かひっかかるものをずっと感じておりました。事は本当にそんなにドラマチックだったのか。あたかも舞台入りの前日に〝とつぜん〟、障害のクライマックスが来たように語っていますが、本当にそうだろうか。そこで皆さん、わたしはめったに読み返すことのない自分のブログを調べてみたのです。というか、ツイッターで色々話しかけてくる人の中に、偶然その頃のわたしのパニック障害を気にかけている人があり、その件に関する過去のブログを整理してくれているのを発見したのです。

それでわたしは自分の精神的不調が、もっと前からひたひたと近づきつつあったのを知りました。二〇〇六年七月五日、シティボーイズとの舞台が終わったあとの書き込みです。「まず去年、大好きな人形浄瑠璃《にんぎようじようるり》を観《み》ているときに発作が来て、いきなり汗をかき、意味もなく大声で叫び出したいような恐怖を感じた俺は、あわてて劇場を飛び出した。大夫以上に大声で叫ぶ客は迷惑だ」とある。

確かに覚えています。三宅坂《みやけざか》の国立劇場で、舞台に向かって右側の、つまり大夫がうなる側のかなり前の方の列、ほとんど大夫の真ん前にわたしは座っていた。わたしは出来るだけ後ろの方で観るのが好きだったので、開演中ずっと緊張していました。そして話が進み、そろそろ名人たちが出て来始めるという頃、わたしは〝もう無理だ〟と思いました。

「いきなり汗をかき、意味もなく大声で叫び出したいような恐怖を感じた」のです。

劇場をわたしは出てしまいました。大学生の時から好きだった人形浄瑠璃の舞台を途中で退出して帰るなどということは、自分にはあり得ないことでした。軽い鬱病は長く続いていたけれど、そんな形で別の症状が出るとは思いもよらなかった。

しかも、続く文はこうです。

「以来、観劇はいつでも外に出られるような端っこの席でしか行なわず、思いきり首を曲げて舞台を観る習慣がついてしまった。というか、観劇の回数自体、ぐっと減らさざるを得なかった」

そうは言っても、わたしはまだ劇場には通っていたのです。パニックをおそらく安定剤で抑えながら、そこそこ普通に暮らしていたということになる。そして、その延長線上に大学講義への重圧があり、自分の舞台がたまたま直前に迫った。だからわたしの抱える不安は頂点に達した。

ではだからといって、国立劇場が病いの発端かといえば、それも違うでしょう。気づかぬ間に、じわりじわりと、わたしはストレスか何かに心を明け渡していた。はっきりと自己認識した時には、一人の力でどうしようも出来ないほど症状が進行していた。それで楽屋の布団にくるまって時間をやり過ごすような事態になった。起源不明の現象は、ゆっくりと進行する。その何かは気づかれない速さで移動してくる。

さて、皆さん、こうしてわたしがひとつの、自分にとってはいくらか大きな挫折を体験したあと、三年後くらいでしょうか、心の病いはたまに来る予期不安の範囲でおさまり、常に安定剤を持っていれば日常生活に支障のない状態になったわたしは、奥泉光との定例イベント『文芸漫談』の打ち上げの席で、再び渡部直己につかまります。彼はちょうど、長年勤めた近畿大学を辞め、早稲田大学に移ろうとしていたように記憶していますが、その置き土産のようにして今度はわたしを近畿大学に入れようというのです。

「早稲田の時は考え過ぎてたと思うよ。田舎の大学は学生が素朴だし、別に小難しいことを教えなくていいんだよ。好きなものを紹介するだけで若い奴は十二分に刺激を受けるんだから。なあ、リハビリだと思ってやってみねえか。人前に立つ訓練っていうか」

この人は自分のあけた穴にわたしを突っ込もうとしている。けれども同時に、わたしが例の病いで引っ込みがちにならないように心配もしてくれている、とわかった。いい人か悪い人かの判断はつかないが、わたしも大学の仕事にトラウマを持ちたくなかった。その程度のプレッシャーになぜ負けてしまったのか、と悔しさも感じていた。もう一度、今度は出来るだけいい加減に、体系もなく、その時その時の興味でメディアを語り、音楽を紹介し、好きな映像でも見せて解説をしてみたらどうだろう。話は極力アドリブで、いわばアミダクジ式で語ればいい。角に来る度、方向が逸《そ》れていっていい。

アミダクジ式？　これは誰の言葉だったろう？

そう思いかけたわたしの前で、渡部直己が荒川区町屋《まちや》出身者ならではの下町言葉を煙草の煙とともに吐き出しました。

「なんせお前、近畿大学文芸学部といやあ、あの後藤明生が作った学部だからよ」

それはもう殺し文句といってよかったのですよ、後藤さん。

# 3

聖橋の、ニコライ堂側のたもと付近に立つ男は、かれこれ一時間しゃべっていた。内容は支離滅裂であるかに思えたが、私は最初から今の今まで、つまり夕方の六時過ぎに至るまで、じっと耳を傾けざるを得なかった。

聖橋口で私は待ち合わせをしていたからである。そして、待ち人はなかなか来なかった。いや正確には聖橋口での待ち合わせではない。ここから御茶ノ水橋口へ行く途中の「黒と黄色のまだら」になった看板を掲げた店で私は相手を待つべきであった。相手は電話でそう指定したのである。

ところが、タイガーというその肝心の店がなかった。いくら往復してもない。仕方がないので通り沿いのラーメン屋に入ってきいた。見たことないすね、と白いタオルで頭を眉の真上まで隠した若者が妙に威勢よく言った。古くからある画材屋が改装してきれいになっていたので、そこにも入った。比較的年齢の高い男性が何度も首をひねり、昔あったようなないような、とばかり答えた。今はどうですか？　ときくと、ありませんときっぱり言った。

店がないなら、私は改札で待つしかなかった。そこからタイガーに向かえと相手が言った以上、奴もここを通るはずだからだ。というわけで、太陽が沈み、みるみる暗くなる御茶ノ水で私はきょろきょろあたりを見回しながら、マスク男の話を聞くしかなかったのである。改札を抜け出て左に券売機が数台並んでいた。その先に不思議に間の抜けた小さな空間があった。券売機をもうひとつ設置しようとして中止になったという感じで、壁には仕方なく路線図などが貼ってあった。聖橋との間にベージュ色の薄い衝立《ついたて》がしつらえられていて向こうは見えなかったが、私はちょうど背中合わせのようになって男の話を耳にせざるを得なかった。

こういうケースは有楽町などでよくあった。数寄屋橋《すきやばし》交差点で右翼政治家、大日本愛国党赤尾敏《あかおびん》の演説を聴いたのである。そっぽを向いたままで。あのあたりで夕方待ち合わせれば、赤尾敏がわが国初と言われる街宣車の上から反共を訴え、ソ連に対抗して日本は一刻も早く再軍備化せよとガナっているのを聞かないわけにいかなかった。ちなみに赤尾は社会主義からの転向者であったが、同時に大政翼賛会にくみしない右翼でもあった。演説する声には泥臭い魅力があった。まだ白い手袋でマイクを握る妙な政治家の決まりはなく、春夏秋冬、日に焼けた裸の手の赤尾敏は人々に訴えていた。

だが、マスク装着を自称する男はたぶん街宣車にも乗っていなかったし、マイクも握っておらず、自主憲法制定とか日教組解体などをダミ声で主張しているのではなかった。高く細い声で、『ハサミウチ』はゴトーメーセーの最高傑作だと、思いがけぬことを力説し始めていたのである。

皆さん、『ハサミウチ』という小説は、あのゴーゴリの『外套』をさかんに参照しながら、いわばスピンオフして別方向へ、あたかもプリズムで光が分岐するようにあちらこちらへ進んで行くのです。そして、ふとした瞬間、光が遠方で交差する。一般の幾何学ではあり得ないことが起こる。

自称マスクの演説は、下からひっきりなしに響いてくる電車の音の合間に響いた。

私は腕時計を見た。相手は少しいい加減なところのある男だった。原因はわからないが離婚者で、よく夜中に電話をかけてきた。女性をめぐる相談だった。今回会おうと言ってきたのも、どうせそういうことだろうと私は思った。だが、一時間も遅れることなど、これまであったろうか。もともとの待ち合わせが六時だったのかもしれない、と私は考え始めていた。私は記憶をたどった。じゃ六時にタイガーで、と奴は言いはしなかったか。

阪神ファンだったろうか、奴は。そうでなくてなぜ、看板が「黒と黄色のまだら」であるような店を選ぶのか。少なくとも客の大半はそうなのではないか。店内には阪神の小旗やペナント、または元選手の色紙などがビニールをかけられた状態で貼られているに違いない。まさかとは思うが『六甲《ろっこう》おろし』が薄くかかり続けていないだろうか。私たちはテレビゲーム付きのテーブルに座り、阪神の野球帽を例外なくかぶった店員の一人にビールでも注文し、小皿に盛られた柿の種を口に運ぶ。

だがしかし、そんな店はなかった。

一方、聖橋演説はこんな風だった。

ある日突然、主人公赤木は、もうここからがおかしいのですよ皆さん、ゴーゴリ『外套』の主人公がアカーキイ・アカーキエヴィッチというふざけた名前ですから赤木とはさらにふざけた命名です。その赤木という男が、若い頃に着ていたカーキ色の旧陸軍歩兵用の外套のことを思い出す。「あの外套はいったいどこに消え失《う》せたのだろう」と。「とつぜんの疑問が、その日わたしを早起きさせたのだった」と。そして赤木は、はるか昔に下宿していた家を訪ねることにします。

その一日を追う『ハサミウチ』はしかし、途中で幾つもの時間を遡《さかのぼ》り、数多くの文学作品のテキストに入り込みながら、やがて中学一年生の頃の主人公赤木が朝鮮の永興で迎えることになった終戦の、ぽっかりと意味を失ったような時間を描くことになります。兄とともに赤木は家の裏庭に穴を掘り、そこで教科書、ノート、『陸軍』という雑誌の束を焼きます。彼らは蓄音機で軍歌のレコードを一枚ずつかけては歌い、歌っては割る。

そして赤木は、つまりゴトーメーセーはこう言うのです。

わたしが知らないうちに何かが終ったばかりでなく、今度はわたしが知らないうちに、何かがはじまっていたのである。

いわば『ハサミウチ』はこの、終わったものと始まったものとの挟み撃ちであります。どちらも突然、赤木を、ゴトーを襲った。彼らの関与の余地なく戦争は終わり、戦後民主主義が始まった。八月十五日とは、そういう突然が起こった日であります。終戦記念日のみならず、それは突然記念日と言っていい。

満一歳の、まだ意識のない赤木は一族郎党の前で自分の誕生日の行事に引っ張り出される。座敷の仏壇の前には算盤《そろばん》、絵本、ハーモニカ、おもちゃのラッパ、自動車、徳利《とつくり》などなどがある。そこで畳を這《は》っていった赤木は剣をつかんだ、と親戚たちに繰り返し思い出される。あの子は軍人になるのだ、と周囲は言い続ける。挟み撃ちはこうして勝手に将来を占われた日中戦争以前の時代と、軍人という職自体が突然なくなった第二次大戦後との間にも起こる。

しかしわたしは赤木ではありません、と自称マスクは言った。むしろコワリョフにならってコワリ、少佐にならって下の名はシオさん。つまり、本名コワリシオスケあたりでしょうか。

誰も笑っている様子がなかった。私以外には。自称マスク、自称コワリシオスケは落ち込む様子も感じさせず、勇敢に語り続けた。

赤木でないわたしは、それでもやっぱり挟み撃ちにあっていると今、強烈に感じます。わたしたちの前にもまた、終わったものと始まったものがある。戦後がするりと戦前になり、その戦前と戦争との間に知らぬうちに挟まれている。決して突然ではないはずなのに、いつからそうなったのか誰も言えないのではありませんか、皆さん？

前世紀八〇年代は、うさん臭さに敏感でした。イデオロギーが終わったとさかんに言われた。政治的主張はそれこそ鼻で笑われました。ところが逆に、わたしたちはきな臭さを無視していた。『アカハタ』はよく「軍靴」、歌でなく靴の方ですよ、皆さん、「軍靴の音が聞こえてくる」などと書いていた。けれどもそんな音は一切わたしの耳には聞こえなかった。実際、していなかったと思う。

それがいつの間に、でしょうか。確かに隊列を組んだ者たちの規則正しい足音が、その誇示的な踵《かかと》の音がうっすらしている。軍隊でさえない集団の、しかし足並みだけは聞こえよがしに揃《そろ》えきった音が。

ゴーゴリの『鼻』でコワリョフ少佐の鼻が失われたのが最初に申し上げた通り、三月二十五日。わたしたちの国では今年の同じ日、日本維新の会が綱領にはっきりと憲法改正を書き込んだと発表しました。九条を変更して、日本国家が軍を持つためにです。

本来、きな臭さとは隠された不穏さのことであります。

自称マスクは声の調子を一段上げた。

ある政治家はAと言っているが実はBを意図してはいないか、と危うさを嗅ぎつける。さらに疑えばCの匂いも奥にくすぶっているのではないか、と敏感に匂いを判断する。それが鼻というものの役割ですよ、皆さん。

ところが、誰も彼も鼻が利かなくなってきたのではないですか。だから政治家も官僚もマスメディアも評論家も飲み屋のオヤジもAから匂わせているわけにいかない。はっきりCと言わなければ、いやそれどころか超C、激しくC、ウルトラCにしないと伝わらない。話題にならない。これではきな臭いどころではありません。はっきり火薬。もろに山火事。憶測とか忖度《そんたく》とか屈折を通じて慎重に議論を深めていく「嗅ぎあい社会」は、もはやここにない！

尾籠《びろう》な話で恐縮ですが、と自称マスクはたたみかけてきた。尾籠な話は面白そうだ、と私は耳を澄ませた。

かわいらしく笑っている赤ちゃんがオムツの中で脱糞《だっぷん》し終えているとわかるのは、ひとえに臭いがするからです。だが、いまやすでにオムツには、おしっこに関してだけれども「お知らせサイン」がつき始めている。親が自分の鼻で赤ちゃんの尻を嗅いで判断しなくてもすむように。つまり小便側からシグナルを発信してくるのです。一方で、いくらやらかそうがオムツの外に異臭がしないことが目指されてもいる。

これでは鼻もやってられません。出て行こうかという気にもなるでしょう。

しかし、どこへ。いつ出て行ったのか。

『ハサミウチ』をもじって言えば、わたしは「あの鼻はいったいどこに消え失せたのだろう」と問うているのです、と男の声は私のいる衝立の向こうで歌のように鳴った。

それを考えることでしか、わたしは自分の挟み撃ちが解けないように思う。

マスク男がそう言いきるのを聞いて、私はもし待ち合わせ相手が改札に現れても、タイガーなりライオンなりドラゴンなりに行くのを待ってもらうことになると確信した。私は男の挟み撃ちの先を見届けなくてはならないと思った。いや、聞き届けるというべきだろうか。

では、とマスク男は話を進めていた。男の前にはそこそこ聴衆が増えているのではないかと感じられた。先ほどから演説の声がいかにも朗々としてきたからである。男は続けた。

ゴーゴリの『鼻』ならば話はどうなるか。

早起きしたコワリョフ少佐の前に、自分の鼻があらわれる。

ネフスキイ通りに飛び出したコワリョフ少佐は、ある家の入り口に馬車が止まるのを見る。すると、中から「礼服をつけた紳士が身をかがめて跳び下りるなり、階段を駈《か》けあがって」いく。なんと、その紳士が皆さん、彼がなくした鼻だというのです。

しばし待っていると、「果《はた》して鼻は出て来た」と書かれている。なんですか、このフレーズは、とマスク男は半ば絶叫した。何度繰り返してもいい、と彼は言った。

果して鼻は出て来た。

こんな凄《すご》い文章を、わたしも一度でいいから書いてみたいものです。

果して、鼻は、出て来た。

文章の妙を味わったのだろう、マスク男の声はしばし途切れ、再び喉から出た。

「鼻は即座に「彼」と呼ばれます。「立襟のついた金繍《きんしゅう》の礼服に鞣皮《なめしがわ》のズボンをはいて、腰には剣を吊《つ》っていた。羽毛《はね》のついた帽子から察すれば、彼は五等官の位にあるものと断定することが出来る」

なくした鼻には手足があるようだし、帽子をかぶっているなら頭もある。そもそも鼻にはいまや「腰」があるのです。これはどういうことか。ゴーゴリは一切説明をしません。

マスク男はそのあと、ゴーゴリの『鼻』とカフカの『変身』を短く比較した。ある朝、鼻がなくなり、人間らしきものとしてあらわれる『鼻』と、ある朝毒虫になっている『変身』。このなにやら近しい間柄にある作品の間には実は八十年もの年月が横たわっている。先行したのはゴーゴリであります。わたしにはまるで、とマスク男は言った。カフカが『鼻』から出てきたように思える、と。ドストエフスキーは『外套』に譲るとして、カフカばかりはどうしたって『鼻』出身だ、と。

しかし、その愛すべきカフカでさえ毒虫になった主人公の姿形を、「鎧《よろい》のように堅い背」、「ふくらんだ褐色の腹」、「足はひどくか細かった」などと描写してくれていますよ、皆さん。読者に親切にしてくれる。それにひきかえ、ゴーゴリの『鼻』の鼻は頭の中でまったく像を結びません。小説の歴史上、これほど抽象的な対象がありましょうか。出て来た鼻は、像を結ばないまま「五等官」の位がある、と言われる。地位があるのです。前日までコワリョフ少佐の顔に付いていたのに、立派な紳士然としてふるまっている。

これでありますよ、皆さん。像を結ばない存在が、どういうわけか社会の中枢にするりと入り込んでいる。支持する者がいるのは知っているけれど、それが多数だと思えない対象が、早くも「腰には剣を吊ってい」る。

突然、ではありません。

突然、にはなんらかの法が働いている。

手の届かない偉い者同士の調印であれなんであれ、明確な日付が歴史に刻まれる。

ところが、わたしたちの鼻はじわりじわりと、ひょっとしたらまず嗅覚から消え始め、一ミリ二ミリほど低くなり、写メから見えなくなりがちだけれど修正アプリで自動補正され、花粉症と放射能対策としてマスクなどしているうちにいつの間にか、日付のわからないまんまなくなっていた。

ゴーゴリによれば、それはいずれ誰かの食卓のパンの中からごく日常的に出現し、いったんはこっそり捨てられ、気づけば礼服を着て馬車に乗っている。

それが鼻です。

わたしの鼻もきっとそうです。

そしてあなたの鼻も。

早く鼻を見つけて、どういうわけでそうなったか調べなければなりません。

けれど、どこにわたしたちの鼻がまぎれこんでしまったか、なくなったあとの鼻が像を結ばない以上、特徴を言うことも出来ない。コワリョフ少佐だって、こう考えただけです。

　果して鼻は出て来た。

　まったくその通りなのだろう、と聖橋口改札を出て左側に立ったままの私は、目の前にある東京メトロ千代田線・新御茶ノ水駅の入り口をにらみながら思った。『鼻』はあるページ以降、鼻をなくしたコワリョフ少佐側から描かれている。そちらからすれば、世界は正しく把握出来ない。

　なくなるはずのない何かをなくした者は、世界の均衡をたやすく失ってしまう。そもそもなくしたものがどんな形でどんな機能を持っていたか言うことすら出来ない。あって当たり前だと思っていたから、ためつすがめつ眺めてありがたがることがなかったのである。

　反対に、なくなった何かの方は所有を解かれ、新しい存在としていきいきとふるまうだろう。我が物顔とはこのことだ。別れ話のあとの女性など、時にこういう新鮮さにあふれるものである。

　一方、マスク男はマスク男で話を続けていた。

　皆さん、コワリョフ少佐が追いかける鼻は、馬車でカザンスキイ大伽藍《だいがらん》まで行き、堂内に入って「信心深そうな容子《ようす》で祈禱《きとう》を捧げ」ます。少佐はついにそこに近づいて、「あなたは――このわたくしの鼻ではありませんか！」となじる。そこで恐るべき言葉が鼻から発されるのです。つまり、鼻の口から、とマスク男は言った。鼻の口……。

「何かのお間違いでしょう。僕はもとより僕自身です」

俺の鼻が？　僕自身だって？

じゃあ俺は一体全体なんなのだ？

鼻をなくした俺は？

コワリョフ少佐はそう思ったでしょう！

マスク男の叫びが聖橋から聞こえた。

それだ。今、まさに今、マスク男が絶望する気持ちがよくわかる。鼻が教会で祈禱をしている世界は、鼻をなくしたコワリョフ少佐の世界とは決定的にズレているのだ。それがいつズレたものかは不明である。理髪師イワン・ヤーコウレヴィッチが「鼻の包み」を落として以降であることだけは確かだが、ゴーゴリはマスク男が言う通り、「一体その先がどうなったのか、とんと分からない」と書いているのだ。

「とんと分からない」とされる鼻の世界は、しかし鼻の側からすれば明確である。鼻にはきちんと手があり、シャツに背広を着ている。腰にはベルトを巻いて、足にはいた細身のズボンをずり落ちないようにしているし、靴下も靴もはいている。帽子は少し古びてきた灰色のソフト帽。その上、まだ肌寒いので、襟を立てて薄いカーキ色の外套をはおっている。耳か、鼻か、どこを支点にしてか太い黒ぶちの眼鏡さえかけている。

それがつまり、券売機の並ぶ聖橋口改札の脇に立っている私である。

マスク男の話を聞くうち、ああ私こそが彼の鼻だと私には突然、了解されたのだった。

## 4

その日、私は早起きをした。

『鼻』で鼻を見つけた理髪師イワン・ヤーコウレヴィッチが「かなり早く眼をさま」したように。

『鼻』で鼻をなくした八等官コワリョフが「かなり早く眼を覚」ましたように。

『変身』でグレゴール・ザムザが「気がかりな夢から」朝早く目覚めたように。

『挟み撃ち』の主人公赤木が「ある日とつぜん早起きをした」ように。

そして、どうやら自分が誰かの一部であるらしいと思ったのである。なぜなら、どう見ても私は鼻だったからだ。しかもそれは私自身の鼻ではなかった。形が違っていた。

台所からトーストを焼く匂いがしていた。

妻が子供たちに朝食を作っているのだった。私は朝はコーヒーだけと決めていた。パンの類いが好きではなかったし、夜遅くまでアルコールを摂取するため、翌朝は食欲がなかった。目玉焼きの香りがした。そこに子供たちがソースをかけるのがわかった。マーガリンが少し古くなっていた。

「あら」

パジャマのままダイニングキッチンに行くと、妻が驚いたように言った。

「起きてきたの？　珍しい」

その様子が妙に芝居めいて見えた。寝ている私がすでに布団の中で鼻であった場合、妻はそれを目撃している可能性が高かった。

「お父さん、お早う！」

「パパ、お早う！」

長男と長女がそう言った。小学校五年生の長男は少し前から私をお父さんと呼び始めていた。幼稚園の長女は変わらずパパと言う。

二人が妻の目をさかんに気にしているのを感じた。普段通りにするよう、きつく言い含められているのではないか。

冷蔵庫の上部ドアに下げられたホワイトボードに、長男が描いたらしき奇怪な絵、ないしは記号があった。Ｌに見えたが、それは鼻を横からとらえたものにひどく似ていた。妻は冷蔵庫を開け、私から絵が見えないようにした。牛乳を取り出し、ジャムをしまい、それからジャムをまた出して、牛乳をしまった。要するに、彼女の目的は長男の絵を私から遠ざけることに違いなかった。

私は子供たちからよく見える位置に立って、

「お早うございます」

とはっきりした声で言った。ほとんど別れを告げる気持ちであった。君たちのお父さんはもう今までのお父さんじゃないんだよ、と。ところが、子供たちは私をちらちら見るばかりで、別れるつもりはなさそうだった。

「お父さん、出かけるの？」

長男がそう言い、目玉焼きの残りを頬張った。

「あ、ああ、出かけるよ」

と私は答えた。勢いでそう言ってしまったのだった。

「出かけるの？　デパート？」

長女がたどたどしい調子できいてきた。

「え？　ああ、そうだよ」

「バカだなあ。お父さんがデパートなんか行くわけないじゃないか」

と長男が言った。私はその言葉への邪推から、

「こんな父さんだからか？」

と少し責めるように言った。長男は黙った。

「で、何時ですか。お出かけは？」

「ん？　そうだな。今すぐにしようか」

私は寝室に戻ろうとした。着替えてみなければならないと考えたからだ。後ろから長女が何か言うのが聞こえた。

「しーーっ」

妻が強くいさめるのがわかった。私はひやりとした。

ベッドの足側に観音開きの洋服ダンスがあり、背広が数着入っていた。中から細身の上下を選び、白いシャツを選ぶと、それらはするすると体にまとわりついた。灰色のソフト帽をかぶり、カーキ色の外套を選んだ。ソフト帽はいつもよりよほどすっぽりと頭になじんだ。腰には剣が吊られていた。

「おい」

とまたダイニングキッチンへ行った。

子供たちはもう家を出ていた。

「なんですか？」

妻は食器を片づけながら答えた。

「俺なんだがね」

「あなたが何ですか？」

妻は冷静な表情で私に対していた。昔から気丈な女だったのを思い出した。

「いや……」

言いたいことがうまく言えなかった。そこで私は腰の剣を示してつぶやいた。

「これはやり過ぎかなと思ってさ」

「じゃあ、置いていけばいいじゃないですか」

「そうだな。そうするか」

言ったきり剣を椅子に立てかけた私は、かばんも持たずに玄関を出、団地を出、肌寒い風の吹く幹線道路でバスを待って電車の最寄り駅まで出た。前日会った人すべてに会おうと考えたのだ。一人ずつ訪問して、私はあなたのものじゃありませんか？　ときこうという算段であった。

逢《あ》う時にはいつでも
他人の二人
ゆうべはゆうべ
そして今夜は今夜
くすぐるような指で
ほくろの数も　一から数え直して
そうよ　はじめての顔でおたがいに
又も燃えるの

色っぽい女の過去のヒット曲を、知らぬ間に私は鼻歌にしていた。鼻が鼻歌とは呑《の》みこみづらい状況だが、ともかく私は悲愴《ひそう》な顔をしながら、実はのんきに構えていたらしい。

昭和四十八年の、そう、『他人の関係』だ。私が『挾み撃ち』を出版した年のレコード大賞。紅白歌合戦でも歌われた。金井克子《かないかつこ》。右手を横に上げて振り降ろす独特のフリのことも、私は変に鮮明に思い出した。その場でやってみそうにさえなった。やれるかどうか自信がなかった。

同時に、やはり剣は持ってきた方がよかったのではないか、と駅のロータリーを突っ切りながら考え始めていた。なにしろ威厳がある。私は民間人で、物書きで、どちらかというと臆病者だが、それが腰に剣を佩《は》くとずいぶん違う。少なくとも私が訪問する相手は、前日と打って変わった勇姿を前にして、むげには扱えなくなるに違いない。

自動改札で私は少してこずった。いつもより自分の横幅が広い気がした。どういう体の変化か、はいた靴が見えなかった。私は身を縮めて改札を抜け、転ばないように気をつけてホームを歩いた。もし剣を下げていれば、改札通過はもっと面倒だったろう。

こちらをじっと見る人と、まるで見ない人がいた。どちらも、私からすれば見たことのない人たちだった。顔見知りがいなかった。いても困るような気がした。

昨日も自分はこうだったのではなかったか、というデジャヴュがちらついた。確かに私は前日の行動をそのまま繰り返すのだから、デジャヴュに襲われても不思議はなかった。私は再び旧友・三宅の経営する会計事務所に行って税務の相談をし、綿野がいるパズル雑誌編集部に行って次号の打ち合わせをし、なんとか問題を解決してようやく御茶ノ水駅での今日の待ち合わせに向かうことになる。

銀色の車両が日曜日の駅に入ってきた。

日曜日？

私は唖然《あぜん》とした。三宅も綿野も休みではないか。すかさず私は携帯電話を背広の内ポケットから取り出し、三宅個人にかけてみた。何回かコール音が鳴り、電車のドアが閉まる警告音に混じった。私はそのまま車両に乗り込んだ。留守番電話になった。

「もしもし、ゴトーだけど」

そこまで言ったが、あとが続かなかった。何をメッセージすればよかっただろう。

電車はそのまま上野方面に向かった。車内にはほとんど人がいなかった。

会計事務所にもかけた。綿野にもかけた。どちらも留守番電話になった。私がコラムを書かせてもらっているパズル雑誌編集部にもかけた。編集部では若い女の編集者が徹夜明けで起こされた不満を隠さずに私にぶつけ、綿野の不在をぶっきらぼうに告げて電話を切った。

車窓から家並みが見えていた。

わずか数分のうちに、私は行くあてを失っていた。

やがて電車は地下に入る。

同じように目的を失った移動を、私は人生において何度か経験していた。

けれどそれをここで語り出してもしかたないだろう。第一、面倒である。むしろ、ここは運まかせで行動してみたらどうか。私はやはりのんき坊主であった。

私が座った席の斜め前に髪を茶色に染めた四十がらみの女がいた。というか、向かい合うシートには私たち二人しかいなかった。女は早朝の電車に珍しい水商売の雰囲気を濃厚に出していた。まさに金井克子的な大人の女。『他人の関係』であった。女にこちらをいぶかしんでいる様子はなかった。小さな白いビーズがたくさんついたベージュ色のタイトスカートの上に同色のジャケットをはおり、薄いピンク色のコートを着た女は、赤い携帯電話の画面を見てはボタンを操作した。

「お取り込み中、失礼します。あなたの店の常連で、鼻をなくした方はいらっしゃいませんか？」

そうきいてみたらどうなるだろう。これはなかなかどうして、鼻をなくした側のコワリョフ少佐のような行動である。言ってみれば好色で、女と見れば声をかけるのだ。ただし、鼻のある時には。

「店？　ああ、『スカイオーシャン』のことかしら？　鼻……ね。鍵をなくしたお客さんなら一昨日いましたけど」

「鍵？　わざとじゃないですか。帰っても団地に入れてもらえないから泊めてくれなんて言って」

「団地ですって？　ベンツの鍵ですよ。あたくしの店はそういうセレブしか入れませんの。厳しい会員制で」

「はあ。では、鼻はどなたもなくしてない、と」

「しつこい人ね。だいたい、鼻をなくすってどういうことですの？　権威を失うとか、そういうアレのたとえですか？」

「たとえではありません。私をごらんなさい。私こそ鼻なんですから」

しっかりと化粧をした女は私をじろりと上から下まで見て、それから不意に興味をなくしたように立ち上がって電車を降りてしまった。架空対話があたかも成立したようなタイミングであった。

入谷駅《いりやえき》。仮の目標である上野のひとつ手前だが、今日が日曜日で三宅がつかまらない以上、京浜東北線《けいひんとうほくせん》に乗り換えて埼玉県蕨市《わらびし》に行く必要などはどこにもない。

つけてみようか、と私は思った。ドアが閉まりかけた。それが合図だというように、私はあわてて電車を降りた。としたらどうか。

『他人の関係』は右脇に銀色の小さなバッグを抱え、ヒールをカツカツいわせながらホーム前方に向かっている。鬼子母神《きしもじん》のある方、ＪＲ鶯谷駅《うぐいすだにえき》方面である。そのあたりなら私にも少し土地勘があった。安くてうまい飲み屋が幾つかあったし、何よりもラブホテル街である。飲み終えた友人とネオンに照らされて何度かひやかしで狭い道を歩いたことを私は思い出した。

あの女はそういうホテルの一室に呼び出されているのだろうか。いや、それにしては貫禄《かんろく》がありすぎる。だいたい地下鉄に乗って目的地に行くわけもなかろう。とすれば、女はむしろ若い女性の手配をする方の、いわばその筋の重要人物かもしれない。私はなにやら事件の捜査官にでもなったような気で、自分の気配を殺した。『挟み撃ち』でも、「わたし」は女を尾行する。夜、蕨駅前の飲み屋小路から出て来た受験浪人中である若いわたしの前を、一人の女性が通りかかったとすればどうか、という仮定からそれは始まる。

『外套』のアカーキイならば、新しい外套を作った祝いを兼ねた夜会に誘われ、シャンパンを二杯飲み、一人で表へ出るのだった。すると、「一人の婦人がどうした訳か、まるで稲妻のように傍らを通り抜けながら、肢体の各部で奇妙な素振《そぶり》を見せて行く後を追っかけようと」する。

鶯谷近辺で私の前を行く女の方はと言えば、階段を上がってそのまま言問通《こととい　どお》りを、確かにラブホテル街の方角へと迷いなく進んでいた。あごを上げて意気揚々という感じで、決して〝肢体の各部で奇妙な素振を見せて行く〟わけではなさそうだ。

いや、そもそも〝肢体の各部で奇妙な素振を見せ〟るとはいかなることであろうか。しかもアカーキイの傍らを、稲妻のように通り抜けるのである。ケイレンのような、痺《しび》れのようなシナの作り方ということか。体中がバラバラに動いて、けれどどこもかしこも男の目を引こうとしている。マリオネットのような感じを思い浮かべながら、自分にはそういうおかしな女を追いかける趣味はないなと思い、入谷鬼子母神の前を過ぎる『他人の関係』のあとを息を殺して歩いた。

同じくゴーゴリの『ネフスキイ大通り』では、ピロゴーフ中尉がブロンドの女を追いかけ、友人のピスカリョーフには黒髪を追えと路上で命じる。おかげで後者ピスカリョーフはつけていった黒髪が娼婦《しょうふ》であると知り、しかし彼女への純な恋ゆえに破滅してしまう。

考えてみれば『鼻』の、いつでも女の尻を追い回しているコワリョフ少佐だって、珍しく男である自分の鼻を追って駆け出したがゆえに、カザンスキイ大伽藍の中で「僕はもとより僕自身です」とぴしゃりと言われるのだった。

ゴーゴリ作品の登場人物はこうして、よく尾行をする。つけることで何かが起きる。ちなみにアカーキイ・アカーキエヴィッチは例の稲妻女をつけはしなかったけれど、直後に入り込んだ広場で新調したばかりの外套を強奪され、失意のうちに命を落とすわけである。

ゴーゴリの尾行は、見知らぬものにふと魂を抜かれ、やはり見知らぬ世界へまぎれこむきっかけと言える。日本の古典で魂が「あくがれる」と呼ばれる状態だ。私は中学の時だったか、授業でこの言葉を知って自分にもその状態はある！　と思った。それをどう表現するか知らなかった私は、うわのそらで心ここにあらずの時、自分の魂があくがれるのをはっきり感じるようになった。魂はふわふわとして空を行き、道路を先行した。

ただ、ゴーゴリの場合、あるいは『挟み撃ち』の「わたし」、そして入谷駅から『他人の関係』を尾行している現在の私の場合、抜けた魂の容れ物の底にぬぐいがたい異性への欲望が貼り付いているのを認めざるを得ない。中学時代、日本が支配していた朝鮮半島の学校に通っていた私、または平安時代の貴族たちが純粋に海へ山へと心を浮遊させていたのとは違うのである。

いや、どうだろう。好き者の文化とやらいう日本的な特性がもしも男の言い訳でないならば、中学生の私にも平安貴族にも、やはり〝抜けた魂の容れ物の底にぬぐいがたい異性への欲望が貼り付いていい〟たのかもしれない。恋が。

午前九時。根岸《ねぎし》一丁目の交差点で信号待ちをする女の背後に、カーキ色のコートをはおった、誰かの鼻である私がいた。すでに魂はあくがれていた。欲望はどうだったろうか。確かに私は、もう女に話しかけてしまおうか、と思っていた。いや、女こそくるりと振り向いて、私に声をかけるべきだった。

「あなた、犯罪者なの？」

厚く塗った赤い口紅がぐにゃりと動いた。

「さっきからつけて来てるじゃない」

それは昭和四十八年、一九七三年の思い出である。新宿区役所通りの入り口あたりで、深夜であった。

むろん私はまだ鼻ではなかった。

酔っていた。編集者と打ち合わせが終わり、知人と落ち合って狭い店を次々にハシゴした。最後は小さなバーのような焼き肉屋で安焼酎をあおった記憶がある。女主人を日本人の客たちはたどたどしくオモニと呼んでいた。私は終戦まで住んでいた街で日々聞いていた言葉を、新宿でしかもさも新しい外来語のように聞くとは思ってもみなかった。オモニはビビンパを作ってくれた。よく混ぜなさいと言い、私がよく混ぜたつもりでスプーンに中身を乗せると「まだまだよ」と叫んで食べさせなかった。まだまだだよ、と言っているのだった。

ちなみに数年後、私は『鼻』という自分の短編で、子供の頃に家の向かいの帽子屋の道端にしゃがんで長い煙管《きせる》をくわえていた「天狗鼻《てんぐばな》のアボヂ」のことを書き、その人の鼻が穴ぼこだらけだったことを思い出すことになる。もちろん冒頭にはゴーゴリの話。

しかし、中身はどんどんずれて時計屋の金さんの息子と私がビー玉などでよく遊んだこと。そして彼に「コドくん」と呼ばれていたことを書くのだ。「ゴトーくん」と言っているつもりが「コドくん」なのか、本当にそういう発音だと認識しているのかはわからなかった。ただ「またまたたよ」と同じで十分に通じる言葉ではあった。

　新宿に話は戻る。頃は九月も半ばで、私は前月追分の別荘で『ハサミウチ』を書き上げたばかりだった。その年、ベトナムから米軍が撤退した。国労動労の順法闘争中に、怒った乗客たちの暴動が起きた。金《キム》大中《デジュン》が日本国内から拉致されたのもこの年であった。今からすれば、新宿にはまだ西口フォークゲリラやアンポ闘争の熱の残滓《ざんし》があった。

　口紅の女は季節には早い外套を着、襟を立てていた。ショルダーバッグを持ち、ベレー帽をかぶり、黒髪であった。私はといえば、知人の家に泊まらせてもらう予定だったのだが、はぐれて一人で夜道を歩いていた。当時は携帯電話もない。メールもない。だから、はぐれれば互いに探し回るしかなかった。

　そのうち、私はその外套の女の後ろにいたのである。気づいた時、女は電信柱の陰にいて、店の外壁に右手をつき、のけぞるような姿勢になっていた。外套から飛び出ているのはミニスカートをはいている左足の腿《もも》で、黒いタイツの先の赤いヒールは脱げていた。女は空いている方の手でタイツのふくらはぎあたりの具合をしきりに直していた。

左足は踊るように曲げられ、つま先がピンと揃っていた。私はありもしない頬髯を触るような仕草をしながら、その様子をのぞくように見た。道の両脇の換気扇から油の匂いが吐き出されていた。

女は私と同じく、さっきから周辺をぐるぐる回っていた。しかし誰かを探しているようには見えなかった。むしろ、私を誘っているのではないかとつぜん思った。赤いヒールをはき直した女はもう一度反り返ってふくらはぎを確認し、歩き出した。私はその背後を歩いた。横町を右に入れば、私もそちらの飲み屋街へ行った。女に道案内をされている気分だった。

知人とどこかで出くわすだろうと思っていたが、出くわさないうちに目の前を行く女に時間でもきかれないか、煙草の火でも貸してくれと言われないか、そうであればいいと私は思った。確率は高かった。なぜなら女は電信柱の陰であからさまに私を待ち、いってみれば〝肢体の各部で奇妙な素振を見せ〟たのだから。

私がピスカリョーフなら恋をして自死であった。それはごめんである。女についていかなかったアカーキイのかわりに花園神社あたりを抜けてラブホテル街方面へ行くのならよかった。私は自分の外套を失ってもかまわなかった。なんならソフト帽を奪われてもいい。

私たちはチンドン屋のように同じ狭い道を繰り返し練り歩き、最後にそこを抜けて区役所前の大きな交差点へ出た。交番の前で女は信号を待った。駅の方へ女は行こうというのだろうか。女はもう一度反り返った。私にはこちらをちらりと盗み見たように感じられた。最後のチャンスという合図だと思った。

赤いヒールはまだ信号が変わらないうちに素早く動き出した。私は追いすがろうとした。その時、女が振り返って言ったのであった。

「あなた、犯罪者なの？」

赤い口紅をぐにゃりと動かして。

「さっきからつけて来てるじゃない」

とっさのことに私は黙り込んだ。だまされた気がしたが、なんのためにだまされているのかわからなかった。私は君こそ誘っていたじゃないかと言おうとして一歩前へ出た。しかし、その私の外套の肩口を、何者かがつかんで引き戻したのである。

「信号が見えないのかね⁉」

根岸一丁目の交差点に私はいて、警官に守られながら元の位置まで戻らされていた。ピンク色のコートの『他人の関係』は、とっくに赤信号を渡りきってなお直進していた。私も青信号を待って、再び敏捷《びんしょう》なる尾行を続けようと思った。

「ちょっといいですか？」

がたいのいい中年の警官は、目深にかぶった制帽のひさしの中から私をのぞき込んでいた。私が横断歩道を渡ろうとすると、警官は片手で私を守ろうとするかのような仕草をし、こちらの動きを止めてしまった。

「あなた、もしかして鼻じゃないですか？」

単刀直入な質問だった。だが、答える私の方は複雑な状況であった。いかにも鼻だと答えれば、事情をきかれるだろう。事情をききたいのは私なのであった。しかし逆に、鼻でないと言ってしまったら、警官は疑いを強めるはずだ。

そこで私はこう答えてみた。

「だったとして、どうなりますか？」

「それは開き直りですか？」

「いやいやいや、仮定の話です。私は常に仮定の話を考えているわけで、あなたはどう思うのか？」

「失礼ですが、仮定の話は我々の管轄外です。あなたがもしも鼻なら、まず違法滞在の可能性が出てくる。政府は鼻にパスポートを出していませんよ。たぶん。それから誰の鼻か、が問題でしょう。他人の鼻なら、これ、ちょっと面倒なことになるよ」

私はめんくらって黙った。とつぜん、事態は大事《おおごと》になってきていた。

「あなた、そもそも女性をつけてたよね？」

警官はニンニク臭い息でそうたたみかけてきた。朝、トーストでなかったのだろう。ゆうべのキムチ料理の残りでごはんでもかきこんできたのだろうか。彼が何を食したかはともかく、私は言葉を呑まざるを得なかった。事実『他人の関係』をつけていたし、同時に回想の中で赤いヒールの女をつけていた。後者からは「犯罪者」というレッテルさえ貼られた。

「いくつか質問に応えていただけますか？」

職務質問だった。いただけますかと許可を乞う形を取ってはいたが、断れば要らぬ疑いが深まる可能性があった。早くも警官はトランシーバーを口に付け、他の警官と交信を始めていた。わざわざ同僚に報告をするとは、ずいぶん念の入ったことだと思った。妙な緊迫感がただよい、何やら事件性がありそうな気がした。いや、私がそう感じていてはいけない。

道行く人が見てはいけないものを見るような視線をよこした。中には「鼻だ！」という子供も出た。その横で「鼻は出て行け」と言い出す老人がいた。五、六人が私を囲んだ。

警官が私を守っていたが、そもそも騒ぎは彼の職質から始まっていた。右からもう一人の警官が自転車で駆けつけてきた。

「帰ってよ！」と叫ぶ高い女の声がした。見れば最初に「鼻だ！」と言った子供の母親だった。子供を胸に抱きしめて、母親はあたかも私が彼らの幸福を破壊すると言わんばかりに目に涙を浮かべていた。

みながみな、マスクをつけていた。鼻を憎む者は鼻を失った者ではないか、と思った。マスクたちがじんわり押してくるのを警官が押し戻した。その背後にいる私は海の浅瀬にいるように、前後左右に揺れる力を感じた。頭のあたりに痛みがあった。固いものを投げつけている者がいた。肩にも（もしそこが肩と言えるならだが）、それは当たった。赤い林檎《りんご》であった。なぜかそれらはやんわりと宙を飛んできた。

身をすくめながら、これではまるで『変身』だと思った。毒虫になった男は父から、やはり林檎を〝ぴたりと狙いをつけずに〟投げつけられ、そのひとつが背中にめりこんだために死に向かう。ザムザの父が狙いをつけなかったのは、嫌悪のあまり手を下すことさえしたくなかったからだ、と交差点の私にはよくわかった。目の前のマスク姿の五、六人がそうだった。誰が私を怪我《けが》させたか、顔のない連中は、いや鼻のない者たちはみな責任を取りたくないのだった。関わりを持つことをひどく嫌っていた。それなのに彼らは私を囲むだけ囲み、林檎を投げるのだ。

私は近くの交番に運ばれた。護送されたような形だった。背中が痛かった。しばらくは交番までついてきた者が無言で立っていたと聞くが、警官が顔を覚えようとすると溶けるようにいなくなってしまったという。

「住所氏名生年月日」

と最初のがたいのいい警官が簡素なテーブルの向こうで簡潔に言った。私は正直に答えたが、その自分に疑問もあった。官憲の命令に唯々諾々《いいだくだく》と従っていることへの疑いではない。鼻になってしまった私は、以前そうだったように後藤明生、本名・明正《あきまさ》であるのか。旧朝鮮咸鏡南道永興郡永興邑で生まれ、永興国民学校を出た私。十四歳で三十八度線を越え、福岡県に引き揚げてきた私。早稲田の露文を出て博報堂に入り、平凡出版で週刊誌を編集していた私。小説家になった私。それらは今の私なのだろうか。そう感じていたのである。

「は？　そうなるとあんた、今八十一歳になるよ」

「いや、四十一です」

「だって昭和七年生まれだなんて言うから」

「あれ、おかしいな」

「なんで変な嘘《うそ》言うの？　昭和四十七年生まれでしょ？　四月四日生まれだよ」

それが今の私なのだろうか。まさか。

「僕はもとより僕自身です」

ゴーゴリの『鼻』において、鼻は毅然《きぜん》とした態度で宣言する。ゆえに、鼻の持ち主であるはずのコワリョフ少佐こそが、世界から弾《はじ》き飛ばされてしまう。行くべき場所を失ったコワリョフは辻馬車《つじばしゃ》に乗り、「真《ま》っ直《す》ぐに行け！」と言い、馭者《ぎょしゃ》にこう言い返される。

「だって此処《ここ》は曲り角ですぜ。右へですか、それとも左ですか？」

交番の奥の部屋にいる私は、むしろそのコワリョフ少佐に似ていた。姿形は誰かの鼻かもしれないが、立場は鼻を失った少佐だった。私は世界から弾かれた。行くべき場所がわからなくなった。私もマスクをしたいと思った。鼻のない者たちがするマスクは、鼻である私にも必要だった。顔を隠して生きるのだ。そして人が群れていればそこに紛れ込み、林檎を投げてウップンを晴らすのである。

私はずいぶんしゃべらされ、待たされ、調書のような物を読まされて、これで間違いないかときかれた。そこには私が女を尾行したこと、近隣の住人に不安を与えたこと、何より私が鼻であることが明記されていた。私は署名をし、親指に朱肉を付けて押した。

「あんた、癖のある字を書くね。鼻のくせに」

がたいのいい警官はそう言った。どういう意図で言っているのかわからなかった。『鼻』での鼻のように、私の〝眉がやや気色ばんだ〟。

だが、警官は顔色ひとつ変えず、次のようにささやいた。唇がほとんど動かなかった。

「しばらく尾行がつきますが、仕方ないと思ってね。我々もあんたの話を聞いて、あわてて若いのを本屋に走らせてゴーゴリ買って調べたんだよ。それによると、ご存知のように鼻は逃亡を企てた時に逮捕するもののようだ。あんたもね、いつどこへ消えてしまうかわかったもんじゃないから、守らせてもらいますよ。暴漢に襲われても困るしね」

答えずに交番の丸い掛け時計を見て、私は無言で表へ出た。午後四時を過ぎていた。長い取り調べであった。

鶯谷駅から山手線《やまのてせん》で神田まで行き、中央線快速に乗り換えて御茶ノ水へ出た。十五分ほどで着いてしまった。午後四時半。待ち合わせは五時と記憶していた。

私は聖橋口から出て橋をとぼとぼ渡り、湯島聖堂へ行った。が、中に入るには閉館時間が迫り過ぎていた。道路から敷地内をのぞくだけにした。儒学のための学問所であり、孔子廟《こうしびょう》でもある聖堂だから寺とも神社とも違った。重々しい雰囲気の建造物が緑をふくんだ黒色で眼下にあった。そこここに木々があり、冬に葉を落としたものは芽吹き始めていた。私はあたりの暗がりで幽霊のように「ふっつりと」消えてしまう自分を想像した。死んだ後のアカーキイ・アカーキエヴィッチのように。

だが、消えようとすれば途端に私は警官に手をつかまれ、身柄を確保されてしまうというのだった。振り返ってみたが、尾行する者は見当たらなかった。あれは単なる脅しだったのだろうか。

そこから足を延ばして湯島天神まで行けば、待ち合わせに遅れてしまう。私はまた重たい足取りで駅の方へ聖橋を渡った。ニコライ堂側のたもとに、紫色の薄いダウンジャケットを着た男が立っていた。白いマスクをしていた。

私はそうして、冒頭に言った通り、聖橋口から御茶ノ水橋口の方へ歩いたのであった。離婚歴のある男、夜中によく電話をかけてくる悪友・山川と御茶ノ水のタイガーという店で落ちあうはずだったからだ。

一九七三年の『挾み撃ち』でもそうだったように。

二〇一三年の私もまた、である。

# 5

ご静聴の皆さん、やがて午後七時であります。空は真っ暗闇、日曜日だけにビルの窓は虫食い程度にしか光っておりません。しかし聖橋の上の灯は点々と白く輝いている。駅から漏れてくる光も心強い。さて、二時間ばかり演説してきたわたしの声もさすがに嗄《か》れてきました。じきに声はすっかりなくなってしまうでしょう。そうしたら、皆さん、なくした鼻についてこうして公共の場で考えを述べる人間がまた一人減るのです。

まあ、わたしなどたいした一人じゃありませんから、今つま先立ちをしているわたしの目の前、聖橋のたもとの横断歩道の上で堂々とタクシー待ちをしている三人のマダムたち、このすさまじい人ごみを抜けてそこに行きますから、どうか一緒に乗せていっていただけないでしょうか？　そこからだと池《いけ》ノ端《はた》あたりで鰻《うなぎ》でもお食べになるか、根津《ねづ》の洒落《しゃれ》た鮨屋《すしや》に出かけるか、まさか東大の原子力研究総合センター本館に行って、核兵器を持つ計画は実際のところどの程度進んでいるのかと問いただす服装ではなさそうだ。

完全に無視、というか春色の軽いコートをそれぞれにまとった姿でわたしの顔の方向を冷たくちらりと見て、つまり強い侮蔑《ぶべつ》をあらわしてマダムたちは車に運ばれていきました。ごきげんよう、平和な時代の中年女性たち！

さあ、そこの若いお巡《まわ》りさん、あなたは先ほどから何度もわたしに演説をやめるように言って下さった。集会、デモの申請が出ていない、と。こんなに人を集めて演説を続けるなら、署まで同行願うことになりますので、と。実にあなたの口調は丁寧であった。

これは独り言です、とわたしは言いました。確かに演説でもあるけれど、まずは独り言なのであり、鼻をなくしたわたしはこうやって鼻探しをする他にないのだ、と。自分探しより鼻探しだ、と。お巡りさん、あなたの鼻はずいぶん形がいいけれども作り物ではないでしょうね、と。それにしてもおなかがすきました、と。考えてみればトイレにも行っていません、と。しかし、鼻をなくした者にもそれなりの意見があります、と。

わたしの話を聞いてくれていた三十人ほどのマスク姿の皆さんは、そのわたしの言葉の合間に「そうだ、そうだ！」とか「賛成！」とか言ってくれました。しかし、そのへんは賛成してくれなくてよかったのです。問題はわたしの、わたしたちの鼻が今どこにあるのか、誰かが集めて商売でも始めようとしているのか、このまま戻らないとすればわたしたちはどうなってしまうか、であります。若いお巡りさん、どう思いますか？

今では聴衆が数百人にふくれあがっています。橋の向こう側のたもと、右手の短い横断歩道のこちら側と向こう側にも人がびっしりいます。大きな交差点の斜め向こうにも、とうていわたしの声なんか聞こえないだろうに、集団が立ってこちらを見ている。たいていはマスク姿で鼻をなくしていることがわかるけれども、中にはまだ匂いを嗅ぐことの出来る人々もいるようです。片手にスマホやら携帯やらを持ってわたしの姿を撮ったり、高くかざしたままでどうやらネット放送を始めていたり、ツイッターやらラインやらでわたしの言葉を逐一広めてくれているらしい。

がしかし、このままですむはずがありませんよ、皆さん！　いくら独り言だと言い張っていても、わたしはいずれ道交法違反か何かで拘束されるでしょう。すでにされていない方が不思議です。これもひとえに、なんの予告もなくするするっと集まった大勢の皆さんのおかげでありましょう。下手なタイミングで逮捕すると騒動になる、と警察は判断したのではないか。

それにしても大変な人数です。聖橋を渡った湯島聖堂側からもマスクをした人たちが続々と歩いてきます。私の右側、小川町《おがわまち》につながる広い車道の両側からも人が上がって来る。駅の方から押し寄せるのは改札を抜けた人か、あるいは日本正教会ニコライ堂の前を歩いて来た人たちでしょうか。

そして、いまやわたしの周囲にいるのは、鼻をなくした危機感をともにする皆さんだけではありません。橋の上で人だまりが出来ないように通行人に歩行を促す若いお巡りさんが五人に増えました。また、薄いヤッケを着て、片耳にイヤホンを入れている鋭い目の中年二人が聴衆の顔をちらちらと見ています。過激派でも混じりはしないか、と警戒しているのでしょうか。それから、まるでアナーキイ・アナーキエヴィッチがなくしたようなしっかりした外套をはおってデジカメでわたしを撮っている年長の男もいます。やはり片耳にイヤホンを入れて誰かの指示を聞いている。

ただ、彼らもまた例外なくマスク姿なのですよ、皆さん！　わたしたちと同じなのでありますす。彼らは自ら鼻を誰かに渡したのか、それともわたしたち同様にわずかずつ低くなっていく鼻に気づかずにいたのか、それともしっかりと鼻はあるけれど顔だけを隠しているのか、今は確かめようがありません。

さらに、聖橋のたもとを渡って細い道がぐいっと下った淡路坂、その先の昌平橋《しょうへいばし》から万世橋《まんせいばし》を渡れば秋葉原《あきはばら》につながる方向からまず「鼻は燃やしてしまえ」「押しつけられた鼻を押し返せ」というプラカードが見え、「反・鼻」とハチマキをした頭が見え、一様に白いマスクで隠した男女の顔が見えてきました。「いい鼻も悪い鼻も、鼻は殺せ」「鼻の特権を許すな」と左右の胸に印刷されたおそろいのジャンパーを着ている者たちもいます。

ほら、「鼻は―顔から―出ていけ―」というシュプレヒコールが皆さんの耳にも届いているでしょう。パトカーが二台、赤いランプを静かに回転させながら並走しています。その後ろにはカーキ色の街宣車が見えます。車の前に日章旗を二本、ぶっちがいに飾ってあり、軍歌らしきものを大音量で流している。いや、あれは歌謡曲だ。確か、金井克子のヒット曲。その音を浴びているのは護衛でしょうか、窓に黒いフィルムを張ったバンが数台のろのろ運転をしている。

彼ら反・鼻集団に対して、群衆の一部は自然にわらわらと動いて壁のような陣営を組みました。口々に「暴力から鼻を守れ」「鼻を子供たちに」「我、鼻に恥じぬ」「国会に鼻を」「一人にひとつだけの鼻」とメッセージを叫び出しています。わたしは鼻をめぐって実際に挟み撃ちされた状態だ。

ああ、もしもさっきのマダムたちがわたしをタクシーへと招いてくれたなら、こんなことにはならなかったものを。むしろ、あのオレンジ色のタクシーは『鼻』のラスト近くに出てくる乗合馬車に似てきたはずなのです。

ただし、皆さん、わたしの声が届く範囲の皆さん、ゴーゴリ作品の場合、乗るのは鼻の方であります。立派なみなりの鼻は、「旅行券も疾《と》っくに或《あ》る官吏の名前に」していて、乗合馬車で別な大都市へ逃げようとしている。少なくとも、小説の冒頭で理髪師の行動を目撃した警官は、コワリョフ少佐の家を訪ねてきて、そう説明する。続けて、高飛びを企てていたあなたの鼻を取り押さえたと言うのです。

話の筋だけ急いで伝えておきましょう、聖橋のたもとでわたしの話に耳を傾けて下さる皆さん。もう声がもたない。あるいはわたしはこうして意見を陳述していただけで身柄を拘束されてしまう。見て下さい、橋の向こうから青い装甲車が何台も来ます。赤いランプをつけてゆっくりと移動してくる。機動隊です。

鼻はめでたくコワリョフ少佐のもとへ戻るのですよ、皆さん。警官が内ポケットから紙にくるんだ鼻を渡すからです。さっきまで人間だった鼻は、ちんまりと顔の器官に変化している。しかし、残念ながら鼻は元の場所にくっつかない。医者を呼んでもダメだ。そうこうするうち、噂は国中に広がっていく。例えば、こんな噂であります。

「八等官コワリョフ氏の鼻が毎日かっきり三時にネフスキイ通りを散歩する」

あるいは、こうです。

「今ユンケル商店に鼻がいる」

すると群衆は鼻見たさに黒山のように集まって、押すな押すなの雑踏、まるで今この時のごとく警官が出る始末だったと書いてある。

こうした騒ぎのあとの四月七日、まさしく日付は今日、この日であります。コワリョフ少佐が目をさますと頬と頬のあいだに、昔通りの鼻がある。ザムザが毒虫になるように突然、しかし鼻という日常が帰ってくる。下男のイワンに見せても鼻はある。理髪師イワン・ヤーコウレヴィッチのところへ行って髭を剃らせても、やっぱり鼻はある。

鼻をなくした皆さん、本日四月七日こそ、鼻の日であります。語呂合わせで現在は八月七日となっていますが、なくした鼻が顔の中央にある喜び、うさん臭さもきな臭さも、辛気臭さも水臭さも嘘臭さもションベン臭さもわかることの充実を高らかに謳《うた》い上げるならば、今日を鼻の日に制定しないでどうするのでしょうか。

ただし、わたしたちに鼻が戻るならば、です。そして今わたしの目の前に広がる千人、二千人を超える群衆がこの狭い場所で激突し、血を流すようなことがなければ、であります。下手をすれば、四月七日が鼻血の日になってしまいますよ、皆さん。

…………。

はい……ええ。

…………………。

皆さん、鼻をなくしてマスクをしている皆さん、そして鼻なんかなくていいと考える皆さん、一分間だけわたしに注目して下さい。わたしの言葉を、あるいは姿をネットで配信している皆さんもお願いします。

たった今、紺色のヤッケを着た一人の中年男性が人をかきわけてやってきて、何か包んだ紙をわたしに見せたのです！

「鼻を尾行していた者ですが、奴はずっとあなたの真後ろのその衝立の裏にかれこれ二時間はいたんですよ。ところがつい先ほど、突然携帯電話で家に連絡し、大声で台湾に飛ぶと言い出した。これみよがしに私の方を向いて、です。他にも、相手が誰かはただちに捜査しますが、電話をかけて今日は会えない、なぜならこのまま羽田に行くからだと留守番電話らしきものを吹き込んだのです」

あなたは刑事さんですか、とわたしがきくと紺色のヤッケはうなずきもせず、ただこれだけを早口で言いました。

「鼻が浜松町《はままつちょう》まで切符を買ったところで、私は身柄を拘束しようとしました。カーキ色の外套の袖をしっかり握った。すると瞬間、まるでマジックショーでガウンをひるがえすみたいに外套がひるがえった。で、もう鼻はいなかった。取り逃がしてしまった。相棒が今ホームを捜索中です。ただ、券売機の前の銀色の台にこの造り物の鼻らしきものがあったんですよ。ねえ、これはあんたのなくした鼻に似ていませんか？」

そう言って紺色のヤッケは紙を開きました。その拍子に電車の〝フアン〟という警音が橋の下を移動した。

包みから豆でも転がり出るように軽々と宙を飛ぶものがあった。それは目の前の道路の上でぴょこんとはねた。鼻でした。

わたしはあわてて、人々の足元からそれを拾い上げた。

いきいきして脂じみた鼻。

縦長で、鼻の穴が横に広がり気味の鼻。

こころなしか温かい気がした。

左の鼻の穴から鼻毛が出ていました。

いや、右からもです。

「どこかで見たことのある……でも、これはわたしの鼻じゃない」

とわたしは言いました。

「しかも黒ぶちの眼鏡がくっ付いてるじゃないですか。これじゃパーティグッズだ」

紺色ヤッケにそう言うと、最前列のマスクたちが笑いました。

笑いは伝染した。後ろを向いてわたしの言葉を伝えるものがいたし、素早くスマホで再現してネットに発表するものがいた。笑いはさざなみのように広がった。紺色のヤッケさえ、紙包みを持って群衆の中に消えていく背中で笑っていた。反・鼻のゾーンにも笑いは届いていた。もちろん鼻をなくしていぶかしんでいる遠くの大群衆にも警官にも野次馬にも。ＪＲで地下鉄で徒歩で車で自転車で続々とまだ駆けつけてくる人々の口元にも。

皆さん、今あなた方が笑っているのはそのせいなのです。もう理由もわからず笑いはずいぶん遠くまで飛び火しているようだけれども、もとはといえばそのひとつの鼻なのです。
この喜劇から逃れようがないとわたしは思いますよ、聖橋にお集まりの皆さん。
わたしたちはこの鼻の喜劇から逃れようがない！

# フラッシュ

裏一面がピンクでアメリカの漫画キャラクターが黒く刷ってある一センチ四方ほどのＬＳＤが染みた紙を噛《か》ませると、やがて若い女はしゃべれなくなった。

女は犬になったのか、床にうずくまるような姿勢になっているかと思うとずるずる這《は》って移動し、近くにあったボールペンをつかんで虚《うつ》ろに目を泳がせていたが、やがて黒テーブルの下のゴミ箱に丸めて捨ててあったコピー用紙を見つけたのか偶然急に思いついただけなのか何枚もつかみ出して広げる作業もそこそこに、その裏に記号のような角ばった線をたいへんな勢いで書きつけ始めた、私に読ませるというようではなく、その釘《くぎ》らしきものを吐き出していないと苦しくなるといった様子で、女は書いた。

何年か前、あたしは10代で、例の小説シリーズがそこそこヒットする前だったからぜんぜんお金なくて、とはいえ今だってたいしてないけど、あちこちかけもちでバイトしてて、でもあんまり働きたくなかったから週に4日だけ家を出るって感じで、住んでるとこだけは少し家ちん、家賃？（↑あってる、字？　なんかちがう気がする）が高めだったからきつかったけど、朝から昼すぎまではコンビニ、夕方からは居酒屋でシフト入れたい時にいく感じで自由な分だけ時給も安くて交通費も往復３００円まで支給ってふざけんなよ的なレートで、あたしはなんか意地っていうか、中学高校もいったりいかなかったりでなんとかソツギョーしてて、いじめられてもいなかったし、不良でもなかったけど、気分しだいで人をつねったり人格否定するような担任のいうことなんか聞いてられないと思ったし、ママもそれでいいんじゃない？　っていってた。

わかる？　わからなくてもいいけど、知ってほしいんですよね、あたしがいいたいこと。だって読んでるんでしょ？　上から、あたしの上から、のぞきこんで。

女はそこで書くのをやめ、きれいなつむじをした頭を下げてじっとしていた。読まれるのを待っているのだと思った。少なくとも書かれたところまでは前方に差し出してあって女の頭や手で隠れておらず、すべてがこちらの目へと捧《ささ》げるように向けられていた。

髪が次第にシャープペンシルの芯みたいに太く黒く見えてくる女はそこで息を急に荒くし、しばらくおかしな音を喉と鼻から出していたが、くしゃくしゃのコピー用紙をくるりと回し、何か書いてはまたくるりと回した。それか女が紙のまわりをぐるぐる回った。なんにせよ文字は呪文のように四角い紙を丸くしてつながり、真ん中に行くにつれて小さくなっていった。かと思うと、女はその円の外に出来たスペースにあの釘文字を何行も何行も書きつけた。

頭がバクハツしちゃう、あなたがかませたやつが目をチカチカさせてる、どこを見ても虹色にブンカイした光が出てる、プラスチックはこういう光を見た人が作ったんですね、やっとわかりました。あのトウメイな色は光のブンカイに似てる。字も光ったり消えたりやせたり太ったりする。字が息をしてる。こっちの息をつめてないと字は動いて別のところにいっちゃう。笑いだしたら死ぬまで笑いそう。それか泣きそう。

ブーンって音もずっとしてるけど、いくつもいくつも層に割れてブンカイしていって、どれとどれを聞くか聞けるか試しながらあたしは下を向いてます。それで思い出すことがあって、やっぱり目がチカチカした時のこと。10代のころとかいってもまだほんの何年か前で、あたしは佐賀から上京したばかりでおねえちゃんの家においてもらおうと思ったけど、こうして字がだんだんまんなかに来て紙がなくなるから、次のに書くけど、どうせすぐなくなるから早くもっと欲しい、持ってきて、読んでください、マノさん。

書かない方がいいよ、頭が混乱してんじゃないか？　そんな時に冷静に書こうとするとお前、それこそバクハツするぞ、と女にクスリが効きすぎているのではないかと恐れ、マノさんとか紙に名前を書かれると証拠になるから必ずあとで捨てなければならないと思いながら女に話しかけている薄暗い部屋の私の目の先に社長の水槽があって、それがグッピーとかを死なない程度に飼ってるレベルじゃなくてアクアテラリウムって本格的な大きさのもので、様々な種類の水草を森林や古代の地球にあった草地を想像して植えてライトを複雑に当てることで夜明けの奥行きを出していると社長が言う景色の向こうの、気泡が水草の間から出ているところにしか焦点が合わなくなって、私は魚だった。水槽に赤い腹をした小魚の群れがいて、山脈めいた軽石の連なりの間を抜けて滑らかに移動していて私はその群れをうまく追えずにいたのだが、社長は肌にさわさわ細い水草が当たるのがくすぐったい私を失業中に編集プロダクションへ拾ってくれて、おかげで多少は食えるようになり、こうして新鋭の文化人なんかを取材してページを作ったり、普通に飲食店の細かい情報をまとめて安い宣伝費取ったり、それをウェブにも構成したりして、私は駅で配る無料冊子作りのチーフになり、人工の光を推進力にして水槽のあちこちを嗅ぎ回ったが、その間に女が何か書いていて、私はあわてて読んだ。

フラッシュって言葉が浮かんでる、ずっと。あたしはちょっと前までしょっちゅう月末にお金が足りなくなってケータイとかデンキが止まって、アサカ市にいるお姉ちゃんから借りたり、佐賀のお母さんから送ってもらったりしてたんだけど、そのころ、2カ月いてやめた東京の専門学校で知りあったタマエっていう友達がケータイかけてきて「フラッシュモブやろうよ」っていった。今日の夕方、映画ばっか観《み》てる友達に超エイキョー受けたってインタビューでいったのはその子のことで、話したとおり年間で300本は観てて、古いゾンビものとかウェスタン？　そういうのから新しい3Dの宇宙っぽいのまでまんべんなくカバーしてるド近眼のタマエはまだ学校にいて、カレシが1年上の服飾科でなんかのゲキダン員でそこから声がかかったんだっていってて、あたしはまずフラッシュモブって何？　って聞いたら、タマエもあんまりよくわかってなくて、でも原宿の表参道で合図が出たら急に大勢でゆっくり歩くんだって話し出して、あたしはそういうの気持ち悪いって前にいったじゃんって返したんだけど、タマエはぜんぜん聞いてなくて、バイト代が出るんだよっていって、それは練習する時間と本番とでちゃんと時給になってて、区とか都とかから払われるんだってことで、別に条件が特にいいわけじゃなかったけど、演技とかしなくていいってことと、前に少し気になってた経営学科のエンドー君って男の子がタマエと同じ映画サークルにいて、そこでアカネのことなんかいってたよって聞いて、そのエンドー君もフラッシュモブ出るんだってタマエがいうから、ちょっと色気づいたあたしはいつの間にか出る流れになってカレンダー見ながら3日くらい練習入れた。

なんていうんだったかな、タマエのカレシのゲキダン。『暗闇五百斎』だったかな。字画がおおいな。そのころは他にも、ゲキダン生首、ひょろりドン助、バヌアツ財団とか色々あってみんな解散したり合体したりしたらしい。ちかごろ芝居やるやつらの名前は一時のバンドブームを思わせるよ、ふざけてるほどいいらしいと三上さんもいってた、三上さんはあたしの担当編集さん。マノさんに会った時、似てる気がした。たとえば事務所の前で写真とられた時もけっこう高そうなデジタル一眼レフで細かい設定してて、夕やけの線路の横でとったやつでOKじゃんって思ったけど、そのあとビルの階段に連れ込まれてストロボたかれて。そういうところも三上さん風だった。予備もとっとかないと気がすまない小心者なとこ、それをムガムチュウっぽく見せてごまかすとことか。あ〜〜〜〜、今この時も、さっきのあの時の、つまり夕方の時間のバージョンちがいみたいな感じがするんだけど、いいたいことわかります？　過去のことが過去じゃない感じがする。ぜんぶおなじ一列になってるみたいな、そういうクスリですか、さっきのピンクのは？　あたしの口に押しこんだあれは？

すごい勢いで女は書いていた。というか、自分が魚になっていた時間はそれほど長かったのかと感じたが、ではどれほどかと言われればまったくわからない。女の書くペースがとんでもなかったはずだから。そして事務所を明るませているものと言えばアクアテラリウムの中の青と白のライトだけで、日光など一切入ってこない設計だったから。さらに私が魚になっていた時間と言っても、その時もまだ完全に人間に戻ってはいない気がしていたし、自分には尖《とが》ったヒレがあるという前提で私は女が書いては重ね書いては重ねする紙をめくって読んでいた。今思えばどうやってヒレで紙をめくるというのだろうか。知らぬ間に女の前にはＢ４のコピー用紙が散らばっていて、どうやらそれは私がファクス兼用の機械のトレイから取ってきたものらしかった。

覚えがないのは本当にまずいし、もっとまずいのは私がＬＳＤを食っていないことだった。その時の私はあくまでも若い女の鼻っ柱を折ってやろうと考えていて、それはインタビューで市ケ谷駅《いちがやえき》前に呼び出す前からそこそこ売れ出している女に嫉妬したり、ヒットシリーズに固執していないような発言を繰り返す様子に反発を感じたりしていたことからも来ていたはずで、ただ実際インタビューしてみると少しぽっちゃりした顔の若い女はネットで見るより目が大きく、短いスカートから出た足の形も肌の白さも性的に好みだったが、言うこととの方はやはりつかみようがなく話題はあっちこっちに飛び、よく笑い、親くらいの年の私をからかうようにさえし、いつの間にか私自身も小説を書こうとした時期が長かったが、もうあきらめたということを女に話していて、それだけは失敗したと思い、腹いせのようにビビらせてやりたくてクスリがあるけどやるかと聞き、興味があるのかないのか私の誘うままに事務所を出て居酒屋で酒を飲み、また事務所に戻ってソファに座り、疲れたと言ってすぐに床にぺったりと尻をつけた女は、厚めの唇の前に差し出した四角い紙をまるで私の赤ん坊のように迷いなく噛んだのだった。

しかし、私は違う。クスリを摂取していないはずなのに女が文を書き散らす集中力にあてられてなのか、おかしな酩酊《めいてい》状態のようなものに入っていた。いや、一度だけ私は紙を嚙んだあとぼんやりとしている女に覆いかぶさり、唇を吸って舌でそれをこじあけ唾液も吸い込んだと思う。女は抵抗も同意もしなかったはずだが、あの時にまだ女が紙を口の中に入れていたとすれば私の喉にも成分が流れ入った可能性はある。だとすれば、染みていたクスリの濃度は高い、と思った。

練習にいってみるとしょぼい公園で、それはLINEで回ってきたとおりなんだけど、あたしはさすがに集合ってだけで近くのビルとかにいくのかと思ってたからそこで3時間リハーサルするって聞いてちょっとひいた。雨だったらどうするつもりだったんだろう？　超テキトーな気がした。集まってたのは全体の半分の20人ぐらいだって話で、まずリーダーのカガヤさんっていう28歳のやせた男の子がアイサツした。昼過ぎだったけど息が白かった。桜が咲く少し前。まだ雪がふるかもって予報がある年だったな、たしか。で、カガヤさんの近くにエンドー君がいて、なんかサブリーダーみたいに動いてたんで、あたしは横にいたタマエに目で、そうなの？　って聞いた。けっこうエライの？　って。タマエはメガネの奥でくるくる目を回してふざけてきたから、ほんとになんにも知らないんだなと思った。肝心のタマエのカレシはゲキダンの公演が近くて参加していなくて、あたしたちは何をどうすればいいのかまるでわからないままだった。

フラッシュモブですけど、とカガヤさんがメガホンとかもなくいい出して、不特定多数が街の中で急にパフォーマンスする、まあドッキリみたいなものですと付け加えた。あたしとタマエ以外はおどろいてる感じはなく、つづいてこのフラッシュモブはその世界からするとすごくシンプルで、しかもスポンサーがいて、とカガヤさんはちょい高い声でクルマの名前をいったから、都でも区でもないじゃんとあたしはタマエに文句でもないけど文句っぽくいったら、タマエはしらんかったと変ななまりで返してきた。タマエは東京人で、あたしからするとすごくうらやましい生まれでお父さんはなんかオーケストラで楽器やる人だし、お母さんは画家らしくて、あたしの親みたいに地方で雑貨屋やって子どもに仕送りしてるようなイナカモノとは格差すごいと思う。タマエが映画いっぱいみれるのも、家にビデオとかレーザーディスク？　そういうのがごっそりあるからでモノクロの古いニホン映画とか、変なスペインの殺し合いの映画とか、目をカミソリで切るやつとか、あたしもタマエんちで見せられたけど、そうでもなきゃあんなにたくさん映画見てる若い子がいるわけなくて、あたしは佐賀市でたまに図書館いって本借りて、学校いってるふりもいやでトショカンの人になんかいわれるとムシして逃げて、それ部屋で読んでママがパートから帰ってくるのを待つしかなかったから、タマエがしらんかったとかなまりのふりをするのはちょっとイヤだった。

さっそく練習になった。集まった服のまま練習っていうのはすごく助かった。ジャージとか寝巻き以外に持ってないし、人前で着る気ないし、そもそもあたしは小さいころからわざとらしいことがどうしてもできなくて嫌いで、だからって素直だとか正直者とかじゃなくて、うーん、例えばTVドラマとか映画とかみるじゃないですか？　もしそれがはっきりしたセットの中だったりすると急に鼻の奥にプールのカルキみたいな匂いがしてきて気持ちが悪くなって、ごはんがしばらく食べれなくなるんですね。口の中がホコリっぽい気がしてきて、食事も作り物に見えてきちゃって、もう物心つくころからずっと。

同じ原因かもだけど、面白いでしょ的にぬいぐるみ着てる人たちの姿って子供のころから見せられてるじゃないですか？　ていうか、子供だからこそ近づいてくるっていうか。どこの遊園地でもデパートの前とかＪＲの駅前とかでも、変におどけた動きしてわけのわからない動物とかが固まったスマイルでよたよた歩いて。動物でもないのに自分が動物に見えると確信してるバカなやつら。ああいうのが、あたしは絶対ムリで、いつでも母親のスカートつかんでうしろにかくれて、もし調子こいてぬいぐるみが追っかけてきて頭なんかなでようものならワーワー泣いてビビらせて、でもあたしだってビビリの頂点で、気持ちが悪くて死にそうだった。今も別な意味でそう。あたしは顔をあげることもできない。そんな風に動いたら光のブンカイが一気に散って消えて、あたしは自分がぬれティッシュみたいにやぶけてしまう予感があるし、大声でさけびだしそう。

やめろ、叫ぶなよと私は即座に言った。パニックを起こされると面倒で、一度そうなれば女は悪いトリップをしかねないと思った。泡をふかれたり自傷行為に走られたり、あたかも私が暴行でも加えているかのように騒がれたら困ったことになる。女はしかし、叫ぶどころか声ひとつあげず、書く速度を緩めなかった。私は女の横に椅子を移動させて渦みたいなつむじに覆いかぶさるようにし、書きつけられていく文字をじっと見ていた。ボールペンからインクが細い煙として漏れ出してきてすぐに釘のように硬くなって上下左右に並べられるのを眺め、私はまた別の空中を泳ぐ小さなサイズの魚にでもなったように感じ、そのボールペンに吸い込まれて早く次の意味を知りたいとまるでエサを待ち焦がれているみたいに口を軽くぱくぱく開けたり閉じたりして文を黙読していた。社長の水槽が気泡のためのモーター、厳密な水温維持のためのモーターを回しっ放しで低い音が持続している。その振動の中で私はもっと書いて欲しい、始まったばかりの話をきちんと終えるまで女にはボールペンを動かしていて欲しい、そのためには紙をたくさん与えておかなければならない、と私はまたもB４の未開封コピー用紙を今度はビルの裏階段にある段ボール箱から出したらしく、紙は床の上に山のように積んであった。

そんなに書くはずもないのに。

急いで紙を運んでいたであろう間にも女の告白は先に進んでいて、ぐるぐると中心に向かっていた文字は時に番号も振らずに紙と紙を行き来するようになっていて、私はそのつながりを解き明かすために頭をフル回転させる必要があった。あまりにもわからない場合は女に聞いた。すると女は顔を上げないまま音をさせて紙をあれこれめくり、ボールペンの尻で正解を指した。指されてもつながりがまるでわからない時もあったが、それは女の頭がイカレているせいか、私の読解能力が及ばないかのどちらかで、どちらでもよかった。私は女が書く限りその文字を出来るだけ書かれた順に忠実に追いかけずにはいられなかった。中毒というのはこういうものかと思った。文字中毒。連載中毒？私は続きの文を待った。待たずにいられなくなった。

生まれて初めてニコチンを肺に吸収した時、めまいがした。吐き気もだ。その抵抗をおして煙を吸い、めまいを乗り越えた時に人は中毒になる。それなしには頭が冴《さ》えない、体がだるいと思うようになる。長いレンジで言えば、冴えないのもだるいのもニコチンのせいなのにもかかわらず。ニコチンも覚醒剤も、若い女が今、私の目の下で書いている文字も同じだ、と思った。最初は水槽の草の陰に逃げ込むほどの恐怖心があったがやがて次を読みたい、次を読みたいと焦がれるようになっているのはそのせいではないか。

なんの毒にも薬にもならない話は母親が赤ん坊に聞かせるたわいない独り言のようでもあり、それをダイイングメッセージを書くような切迫した息苦しさの中で女が続けている以上、私は出て来た意味をすぐさま理解したいと思った。理解すると自分が冴えるような感覚があった。

マノさん、恐《こわ》いですか？　何が恐いのですか？　あたしが恐いですか？　なにを恐れていつでも不安なのですか？　お酒を飲みながらマノさん、オレの中にはなにもないと笑ったけど苦しげにしていた。あたしをくどいてるつもりの目つき、あれは弱さそのものの。あたしみたいな通りすがりの子どもにならそういうカッコ悪いとこ見せてもいいと思ってるなら、情けないと思いませんか？　もし自分の中になにもないとしたら、これを読んでるマノさん、それは宇宙がそうなっているからでしょう。あたしは前に、本で読みました。なにもないのが宇宙なら、マノさんはなにも決めなくていいんじゃないですか？　なのに何かを自分に対してできるみたいに思ってて、それがうまくいかないことにイラついてるなんて、マノさん、ほんとダサイ。

公園では全員がケータイで時報聞きながら、好きなはやさで好きな方向へ歩いた。で、カガヤさんが次のピッピッピッピッポーンで急にゆっくりになってー、とさけぶとピッピッの段階で足がもつれる人や止まっちゃう人が続出した。あたしもタマエもなんかうまくできなくて笑った。他の人も笑ってて、そのくすぐったい感じが伝染してけっこう3分ぐらいみんなで笑った。カガヤさんもエンドー君も何かアドバイスしようとしては吹き出しちゃって、話にならなかった。でも、このおかげであたしはフラッシュモブにわざとらしさを感じずにすんだと思う。

カガヤさんはエンドー君はじめ、超太った女の子含め6人くらいのメンバーを選んで、けっこうそれまで何度も色んなフラッシュモブやってきた人たちっぽいムードが急に出てきて、参加者みんなが耳にスマホとかつけてる中で、そのメインスタッフらしき人たちが勝手に歩き回り始め、カガヤさんの合図のあとのピッピッピッピッポーンでトツゼン動きをゆっくりにして足もピーンと伸ばして、手と連動して首も動いてちょっとロボットダンスっぽくなるとあたしはなんか恥ずかしくて気持ち悪くなるんだけど、そのぎりぎり寸前でとめてる感じでタマエがほーっと感心してる視線の先がエンドー君でちょっとどういうことよ？　と思ったけど、確かにエンドー君がスローモーションでベンチに座っていく姿はかっこよくて、あたしたちシロートがついふらふら動いちゃうのに対して、メインスタッフの体はコントロールされてて美しいように感じた。

私の見ているいつもの事務所の銀色の遮光カーテンが窓も開いていないのに膨れ上がったりしぼんだりしていた。また、白い壁の下方のコンセントに差してある非常時用のライトが放つオレンジ色の光も弱まったり強くなったりし、それは水槽のライトの電圧による変化と呼応していた。同時に部屋全体が動物の体のように大きくなったり小さくなったりして呼吸らしきものを続けると感じられてもいて、もしもそのリズムが急激に速くなり、耐えられない音と耳への圧迫とともに自分を襲えば、私こそがパニックにおちいる可能性もあるとかすかに脅えていた。だから、女の「恐いですか？　何が恐いのですか？」がそちらの不安を示してくれているのならば、我々はコミュニケーション出来ていることになった。

けれど、若い女は居酒屋で夕飯を食べた時に私が話したことを責めていた。マノさん、色々抱えてて面白そうと女が甘えた調子で言ったので、「オレの中にはなにもないよ」と正直に答えたつもりが、女には気取りに聞こえていたらしかった。実際どこかで自分は色気づいていたから私は恥も感じた。そして何より、話をすぐに放り出して元の筋に戻ったことにいらだちがあった。こちらの無意識なり隠している心情なりを探ってくれるつもりはほとんどなく、女は自分が書いている文字への関心をひくためだけに私を話題にしたのだと思った。みえすいた駆け引きだと感じた。

ちがう、マノさん、それはちがう。あたしはあなたのいったことをそれなりに真剣に受けとめたし、マノさんが自分を宇宙だと考えればいいとウメシュサワー飲みながら本気で思ったし、マノさんが今ほんとにあたしをこわがってるように感じるし、と女はコピー用紙の右上に書いた。マノさんの息がさっきから少しずつ浅くなってるのわかって、それはあたしの文を読めば読むほどだと思うし、とはいえ何を書いても実はマノさんはあたしを恐がるはずで、それは出てくるコトバがちっともマノさんに入っていかないからで、だからあたしはマノさんは宇宙と同じっていったわけで、コトバは宇宙の外にあって、宇宙と関係ないものだとも思うし、本にもそんな感じのことが書いてあった。

それは私の幻覚だったのか。女が私の心を読み、紙の上に返事を書くなどということがあってはならなかった。ちがう、マノさん、それはちがう、と始まる女の、釘を組み合わせて出来たような文字の列は。このくだりをひとつの円の中にぐるぐる巻き込んでいきながら、最後は子供の頃見た赤いアリ並みに小さな字で。ひょっとして私は自分の考えを知らぬ間に口に出し、女に聞かせてしまっていたのだろうか。そうでなければ、若い女が続けて紙の余白にこう書きつけるはずもない。

本ってさっきからいってるけど、それはあたしの頭の中にしかなくて、別にメンタルやられたイタい子を演じてるのでもなく、あたしはとてもクールにそのページを子供のころから1ページずつ読んでいて、だから宇宙の話は中学生の初めに読んだキオクがあって、まあどうせいくら言い訳したってあなたは気持ち悪がるだけでしょうけど、だってあたしがトロいやつでクスリ食わされてこうして汗かいて必死に字を書いてないと生きていられない、息が苦しくなってノドかきむしらないようにするのでせいいっぱいなのだってあなたはわかってないからで、わからないに決まってる、自分の思うことを正直に書かないようにしつけられちゃったタイプの人だから、それでシゴトがうまくなったとあなたはマジで思ってるんだし、自分で考える力がまるでなくて、勝手にキスしてきていい気分になってたし、あたしがクスリに意外になれてるんじゃないかとツゴウよく疑ってもいて、まさかこれが初めてだと思ってなくて、こっちはめまいがすごいし酸素がうすいし手足がすぐバラバラになるし溶けるし指がポロポロ落ちそうだし毛がのびていくのをとめられないし、床がぬける寸前でなんかずっとお経みたいなのがとぎれとぎれに聞こえてるし、あたしをぎりぎり夕方の自分につなぎとめてるのはこれだけ、文字だけ、あなたが読んでるこれだけ。で、今だけはあたしのあの本に書きこみができるような気がしてそうしてる、今はできる、読むだけじゃなくて書きこめる。

女は自分がイタい子じゃないと言う。どうしたってイタいのに。そういうのを演じているのに。化けの皮をはがしてやりたくて、私はあの一センチ四方を口の中に押し込んだというのに。

それで、あたしの話のつづき。取るに足らない、といわれる話の。

女は紙を替え、それを横長に使って一番右に文字を一列縦に書いた。

こうしてあたしはフラッシュモブのメンバーのいうことをよくきいて、午後の公園でゆっくり動くのを練習した。自分がやっていることを意識すると、例の作り物を見たときみたいに気分が悪くなりそうなので、あたしはなるべくふざけたままでいてニヤニヤ笑ってるままで、体がロボットダンスみたいな感じになればなるほどわざとらしくて気持ち悪くなるからハンパな笑顔になって自分をごまかして、カガヤさんやエンドー君たちに見られないようにしてたんだけど、何度目かの練習のときにカガヤさんが回ってきてあたしを見つけて、あとですごくほめた。楽しそうでいいって。こっちは苦しくなるのをさけて笑ってるのに、そういわれてしまったからあたしは集団の中でひとつのお手本みたいになった。

そこから2回、どっちもわざとチコクして、前の公園と、東中野からかなり歩いたところにある公民館の練習に参加して、テキトーにだらけたままケータイのピッピッピッポーンでゆっくり動くのがうまくなった。ちなみに1回も雨がふらなかったし、本番の春の日曜日も夏かと思うようなカンカン照りだった。明治神宮の鳥居の近くで午後1時集合。ヒゲだらけの知らないおじさんが小さいビデオをずっと回してて、キロクなので外には出さないといって、タマエと一緒にどうだかねと疑ってるうちにそのカメラの前で出欠とられて、20分くらい待ってたけど2人欠席で、結局カガヤさんたちも入れてぜんぶで37人が、すっごく悪いことをする前みたいな静けさの中で、見覚えのあるメンバーをなにげに確認しながらバラけて歩きだし、ラフォーレ原宿の方におりていった。歩くたんびにふわふわ浮かぶ気分がして、今も手がそうなってきてて、マノさん、あたしはラストまでたどりつけるかな？　ボールペンが天井にひっぱられてるから、力をいれていないといけない。

変だなあと思ったのはフラッシュモブ始めるのは午後2時って聞いてるのに、10分前には表参道ヒルズのまんまえを通ってて、けっこうはやく表参道の交差点についちゃって、人数が人数だからいくら日曜だからって変なムードで目立って、ビデオなんかでとられてるからけっこうジロジロ見られて、メインメンバーもあたしたちもかなりアセッて、汗が出て息が苦しくて手足がすぐバラバラになるし溶けるし指がポロポロ落ちそうだし毛がのびていくのをとめられないし、いったんシブヤの方に歩く指示が回ってきてまちがえて反対の青山の方へいく人とかいて、あの太った女のメンバーがデカい声でこっちこっちスギヤマさん！　とかいっててカガヤさんにうるせえってどなられて、あたしはタマエとげらげら笑った。これで時間がすぎちゃったらどうすんの？　とも思ったし、胸がドキドキしてしかたがなくて、背骨がくすぐられるみたいな感覚になった。エンドー君が遠くからにらんでるのがわかった。みとれてくれてればいいんだけど、そういう感じでもなかった。

女の執筆は続いた。私は肌の表面がさわさわ風でなぜられる感覚を味わいながら、その風と同じスピードで文字が頭に入ってくると感じた。

途中から私はまったく別の世界にずれ込んでいた。それは女の文字から連想したことに違いなかったが、漆喰《しっくい》の壁のようなところに古代の生き物らしき、背の丸い魚が陶器の破片で線を短く引いているのだった。魚は目の前の女だった。薄い黄緑のチュニックにベージュのミニスカートをはいて金のネックレスをした女がそういう柄の、浅瀬にあがってきた生物になり、ヒレ先でなぜか器用に黒く濡《ぬ》れた陶片をつかんで歴史を書きとめていた。私はその歴史を映像で認識したつもりだったが、こうして振り返ってみると言葉の連想を続けていただけのように思う。水槽、魚、釘、石、宇宙、公園に集合、ゆっくり動く、酸素がなく体がだるく指がポロポロ落ちる、監視され撮られる……古代の魚は釘や石に数えきれない卵を産みつけ、それを波に乗せて岸辺に送り、人間に拾わせ建造物に使わせ、雨の日にだけ孵《かえ》ってほとんどが死ぬが、まれに沼や川に注がれて淡水に対応する者たちがやがて増え、体の中で不要なものを落として変化し大きくなり、決まった月の夜に来た道をはねて戻り、建物のかげから自分たちを監視するレンズを群れでじっとにらみつけ、息を止めてゆっくりと命を凍らせ、各自が何日もかけて乾いて塵《ちり》になって風に吹かれて散っていった。私はその長い年月が自分の、輪郭のぼやけた皮膚の下を串刺しにするように通ったと思い、通ったあとの余韻の中でぼうぜんと立ちつくした。

その間に、どうやら女は自分の話を終わりまで一気に書いていて散らかった紙を脇にどけ、床に突っ伏していた。『源氏物語』だったかなんだったか、そんな体勢の女を描いた絵巻があると思った。生き霊に憑《つ》かれている姿だったか。女をさん付けで何度か呼び、呼び捨てでも呼んだけれど、返事どころか聞こえている様子もなかった。私は一度膝をつき、髪の毛に隠れた女の顔色を見ようとした。上の階の住人が帰ってきた音がして、どきっとした。かかとで歩くのがしばらくうるさかったがやがて静かになると、女が髪の毛の奥でシューシューと蛇みたいな息を吐き始めたのがわかり、チュニックの後ろのジッパーがふくらんでは元に戻るのを横から見た。小さな背中が何かを乗り越えようとしていることがわかる気がし、私は立ち上がって女と二人だけの薄暗い空間の内部に閉じこもった。

こういう時間が若い頃にも何度かあった。コンパで女に酒を飲ませ過ぎて動けなくなっているのを見下ろしているとか、よく知らない女を自分の部屋に入れて裸にしたあと、私は後悔しながらじっと相手の回復、諦めを待った。いじけて攻撃的になって始めたことなのに、相手がすっかり参ってしまうと途端に申し訳なくなり、それもまた支配を確かめる形に過ぎないのかもしれないが私は誰かに罰せられているように直立し、相手を見下ろして息を殺した。そして今また、いい年をして同じ幼稚なことをしている、と思った。手の中に数枚のコピー用紙があった。

シブヤに歩きだしてすぐ、エンドー君が右に左に小走りで動いてピンボールの玉みたいに参加者のグループごとに接触していって、予定どおりです、午後2時ジャストに表参道交差点出発、午後2時2分フラッシュとささやいていって、あたしとタマエもくるっと方向変えてケータイで時報を聞いた。とりあえず早めにいってぶらぶらしてるふりしようってことになって、交差点の横断歩道まで歩くと信号が青になってたので渡って交番の横に立って、また時報を聞くと出発までまだ3分もあって、なんかじりじりした。たった3分でもあたしたちは超もてあまして、なんにもしないで立ってるの大変だなと思った。まわりには同じ気持ちっぽいメンバーが点々といて、きょろきょろしてて完全にあやしかった。

1分前、カガヤさんがどこからともなく交差点にあらわれて、それをビデオでとってるひげのカメラマンは目立ってたけど、カガヤさんのプロっぽいのはビデオを気にしてないところだった。何人かのおばさんが芸能人かなみたいな顔で振り向いてカガヤさんを見たけど、カガヤさんは体を左や右にふって道路のこみ具合を見ていた。すると、時報がピッピッピッピッポーンって鳴って、あたしたちはキンチョーしながら原宿方面に歩きだした。口の中、かわいた。ドキドキがゼッチョーになった。となりのタマエはあたしのうでをずっとにぎってて、もう一方の手でケータイにぎって変なうなり声だして目つきがおかしかった。

ちょうどヒルズの手前あたりで、その時間が来た。4月6日、午後2時2分のピッピッピッポーン。あたしたちは練習したとおり、急にがくんと動きをおそくした。右の前の方にもう1グループ、男女4人のメンバーがいて、その子たちの動きが見えたので、タマエもっとゆっくりってささやいて、あたしたちもさらに超スローモーションにした。ちょっと遠くでくるくる回りながら飛びはねるみたいに、ただしゆっくり動きだしてるメインメンバー3人がいて、あたしは練習よりわざとらしいなと思った。気づけば、ヒルズに入ろうとする動きの人、モデル勧誘の男の子に話しかけようとしてる人、おとしたお金をひろうみたいな動きの人、歩道のまんなかで止まってウデをあげて明治神宮の方を指さし始めてる人とかがいて、最初まわりにはカンゼンにムシされてたんだけど、2分くらいつづけてると気持ち悪がってあたしたちの間を走りぬける女の子とかがでてきた。向かい側の歩道でたちどまってる人がいた。ケータイの時報だと、あと3分とすこしあった。あたしはタマエと一緒に交差点のナナメ向かいにある、かわいい女の子の大きな看板をぼーっと見あげて待った。

きっかり3分前になると、ヒルズの方からピエロのメイクした派手なサテンの服を着た人がわらわらと40人くらいゆっくり、あきらかにきたえられた動作で出てきた。思わず、タマエはあたしに「嘘《うそ》」とフツーのはやさでいってあわてて目を丸くしたままの顔を元にゆっくり戻した。道路にスポンサーの車らしきものが何台も5色ぐらいにわかれて、次から次へとバラバラに走っていて、ドアに貼ったマグネットボードみたいなやつに「春のフラッシュモブ」ってポップな字体でコピーが書いてあった。ヒルズのピエロが何を合図にしてるのか、いっせいに振り向いて上を見た。色とりどりのロープが何本もたれてきていて、腰に灰色の太いベルトをつけたピエロが10人くらい、やっぱりサテンの派手な、キミドリやキイロやショッキングピンクや白やブルーのマントをはおってスローモーションでおりてきた。

あちこちの店から黒いタキシードとか赤いドレスを着てバイオリンとかチェロみたいなのを持った人たちがふらっとでてきたし、道ばたでもコートを脱いで立ちあがる人がいた。その人たちがCMで聞いたことのある曲をかなで始めると、あたしたち最初に動きだしたメンバーは口と目をあけて、ピエロや楽器の人を見ざるをえなかった。参道の何本かのケヤキの木の上のほうに太いパイプがつながってて、その先から大量のサクラ色の紙吹雪がふきでていた。ずっと上の青い空にヘリコプターが飛んでた。写真をとってるにちがいなかった。別のピエロたちがキイロの板を持ち上げてこちらに向かって歩いてきてて、その上に赤いミニワンピースに網タイツ姿のタレントが立つと、曲に合わせて替え歌みたいなのを歌いだすふりをした。頭ちっちゃかったけど、足も短かった。マイクもないのにその子の声がでっかく鳴った。なに、この世界？ と思った。いつの間にか、小さなビデオカメラを持った普通のかっこうの男の人たちがおおぜいまわりにいて、ピエロやタレントや楽器やあたしたちの顔に無断で寄った。

あたしたちはアホみたいな感じになっていた。車の宣伝のための大がかりなフラッシュモブのほんの部分にすぎなくて、むしろドッキリに一番だまされていて浮いていて、自由にあれこれ見ることも許されてなくて、もともとすごくヘタクソな動きだったのが、まさかと思うことにかこまれてもっとヘタになってて、ただおどろいて手足が固まってるからゆっくり動いてる人、みたいな風に見えたと思う。なんでほんとのことをいっといてくれなかったかわからなくて超ムカついた。そこでやめちゃえばよかったのに、つづけた自分はサイテーだと思う。

するとあたしたちはちょうどピエロたちが多いヒルズのまん前を通ることになった。メイクをべったり塗った男や女は、さも楽しそうに笑顔になっていたけど、目はぜんぜん笑ってなくて息があらくて、手足を少しずつ大げさに動かしてヤクドー感をだしているのがまた気持ち悪かった。あたしはそういうのが大嫌いだといっていたのに、なんのヒニクか、その一番苦手なわざとらしさの中を、それもスローモーションで時間をかけて通らなければならなかった。男のピエロの中には汗をかきすぎてメイクがどろどろになって、えり首を白くよごしてる人がいた。酒くさいおじさん、単に息がニラくさい男の子とかもいた。女のピエロのほとんどがブス、もしくはちょいブスなのがわかったし、体型がヒンジャクでチビで、すごいカオしてこっちをのぞきこんできた。こんなステキな時間はないわよね的な、日本人じゃあり得ないような仕草を平気でピエロはしていた。それがあたしたちをもみくちゃにした。

たえきれなかった。自然じゃないにもほどがあって、ホコリっぽい味が口の中にべったり広がって、ノドからもあがってきた。このわざとらしさに平気でいられる神経が信じられず、ケンオ感でいっぱいになると、胃がムカムカしてきた。

そこまで読んで女を見ると相変わらず太い髪の毛を広げて床に伏せたままでおり、その毛の量がぐんと増えているように感じられたが、精根尽きたというように足だけは横座りで体はより低くなり、ボールペンを放した手を前方に伸ばして別の何かを握りたいのかわずかに指を動かし、もうあの蛇のような呼吸こそしなかったが、とぐろを巻いた瀕死《ひんし》の蛇そのものが長い舌を震わせているように思えた。女はもう書いていなかった。

タマエが下から見てきて、どうしたの？　と目で聞いたとたん、あたしはふらふらよろけだして道の脇にいき、低いミドリのサクを越えて古いケヤキの、海底の大ダコの足みたいな根っこのところによつんばいになって、吐いた。朝のヨーグルトが白くでて、根っこから土に流れていくと、それがまるでフラッシュモブ用の作り物みたいだったのか、ピエロが何人か両ウデをオーバーに広げておどろいてみせているのが目の端に見えた。吐いたものを指さしているピエロもいた。そいつらを見てる目の前にチカチカっと火花がでてきて、あたしは胃液が多いやつを、さらに吐いた。

ごめんね、吐いたのかかっちゃったよね？

私は思わず自分の体を見た。薄く白い粘液みたいなものがズボンの前にかかっていて、それが次第に床に垂れ落ちていこうとしていた。だって、マノさん、読むんだもんとたぶん最後の行がコピー用紙の左端に小さく書かれてあって、その紙からも粘液はじわじわにじみ出した。

# 卒論が書けないと泣いていたＷさんに
## ――『鼻に挟み撃ち』から世界文学の波打ち際へ

沼野充義

Ｗさん、先日私の研究室に来て、「卒論が書けないんです」と言っていきなりぽろぽろ涙を流したとき、私はびっくりしてなにも適切な助言ができませんでした。ごめんなさいね。まあ、卒論が書けないくらい、たいした問題ではないと割り切ってしまえばいいのだけれども、文学が好きで文学部に入って、さあこれからばりばり好きな小説を読んで論文を書くぞ、と張り切った矢先、どういうわけだか一行も書けずに長いこと一人で悶々としていたというのだから、やっぱり辛かったでしょう。

いまさらながら間の抜けた話なのだけれども、後でふと、そういうときは、いとうせいこうさんの『鼻に挟み撃ち』を読んだらいいんじゃないか、と思った。確かにこれはなんだか訳のわからない話のようで、筋が逸脱に次ぐ逸脱、作者の敬愛する後藤明生という作家の言いかたを借りれば「アミダクジ」式に進行するので、面食らうかもしれないけれど、時間と空間を超えて変幻自在に展開していく語りの流れに身を委ねて読み始めると、ともかく面白い。いや、それだけで十分なのだけれども、面白いだけじゃなくて、小説を読むというのは、そしてそもそも物を書くというのはどういうことか、考えさせてくれるうえに、小説の方法とは何か、世界文学と自分はどうつながっているのか、みたいな「文学研究」的な領域まで探索することになる。

現代の日本の純文学小説というと、なんだか陰気なばかりで難しくて面白くないと思っているかもしれないけれど、これはまったく違う。というか、これは、そもそも「純文学」に分類されるものではなく、いろんな先行する文学的素材をつぎはぎしながら語りの面白さで読者を引き込むドライブ感があるということではむしろディスクジョッキーみたいなエンターテインメントだともいえる。だから「純」とか「不純」といった分類をもともと超えてしまっているようなところがあるんだ。そもそも小説っていうのは、不純を恐れずになんでも取り込んでしまう自由な精神の運動だということを、教えてくれる作品だと思う。

おや、いきなり理屈っぽい評価めいたことを言ってしまったけれども、それだけだったら、実験的・前衛的な現代小説なんて他にも山ほどあるんだから、特にこれだけをあなたに勧めたりはしません。この作品にはＸさん、あなたの悩みにも通じる切実な個人的経験も埋め込まれている。だからともかく読んでごらん。

　あなたたちの世代にとって、「いとうせいこう」という固有名がどの程度有名で、何を意味するのか、私はよくわかりませんが、小説だけじゃなく、いろんなジャンルでマルチなタレントを発揮して活躍するアーティストだから、たぶん聞いたことはあるんじゃないかな。ラッパーで、ディスクジョッキーで、歌手で、俳優で……と、それはもう八面六臂の活躍ぶりで、ともかくすごい才能だ。家で本を読んで、大学で授業するしか能のない私などとは比べものにならない。そのうえ、いとうせいこうは小説家としても一世を風靡した。『ノーライフキング』っていうちょっと変わったタイトルの小説がベストセラーになって、彼の名前は現代小説の新しい可能性を切りひらく旗手として、とどろき渡ったんですよ。ところが、小説家としても前途洋々、これから大活躍するんじゃないかと思われた矢先、小説が書けなくなって、それが十何年も続いたというんだ。「書けないことの苦しみ」って、Жさん、あなたの問題でもあるから、よく分かるよね。

　私はもちろんいとうさんのプライベートを知っている友達でもなんでもないから、その間にどんなことがあったのかはよく分かりません。でも『鼻に挟み撃ち』を読むと、いとうさん本人と思われる「私」がパニック障害に襲われるようになり、せっかく舞い込んだ早稲田大学講師の仕事も辞退せざるを得なくなり、小説も書けなくなった経緯がかなり赤裸々に書いてあります。あなたの参考になるんじゃないかな？

**（小声のため聴取不能）**

え、「でも、それって本当のこと」かって？　うん、それはいい質問だ。確かにここに書かれていることが、現実の存在としての作家いとうせいこうの身に実際に起こったという保証はない。ドキュメンタリーと謳っているわけじゃないんだから、仮にウソが書いてあったって、読者は「不良商品」だとクレームをつけるわけにはいきませんね。これは日本の小説の伝統に根強くある「私小説」の問題でもあるでしょう。「私小説」っていうのは、作家が自分の身辺の出来事や心境をありのままに、まあ、小説的な筋の展開もなく、たいていの場合はだらだら、ねちねち書くあれね。ただ、99パーセントの読者はそれが本当の事実そのままなのかなんて知らないし、確かめようもない。大江健三郎の小説もしばしば「私小説的」と呼ばれますが、そこに出てくる長江古義人という主人公が、どのくらい大江さん本人と同じなのかなんてことは、本当は読者にはわからないわけですよ。

だとしたら、いとうせいこうの小説の「私」をどう考えたらいいんだろう？　トミ・スズキさんというコロンビア大学の学者が英語で書いた、私小説に関する理論書を見ると、「私小説」というのは、作品の形式の問題でもなければ、そこに本当のことが書かれているかという問題でもなく、「読み方」の問題、つまり作者と読者の関係の問題だってことが書いてある。これは実に正しい指摘でしょう。つまりいとうせいこうという作家が、小説で自分のことを事実そのままのように書く。読者はそれを信じ、それが作家の真実の肖像だと思って小説を読む。そういう関係が成り立つところに、「私小説」もまた成り立つ、ということです。

だから、私たちとしては、これが本当に本当のいとうせいこうの経験だったのか、ということはとりあえず措いて、そのようにいとうせいこう（と思しき「わたし」）が描かれているということを受け入れたうえで、小説を読もうじゃありませんか。そういえば、文庫版『鼻に挟み撃ち』には、「私が描いた人は」というこれまた奇妙な味わいの短編も収録されていますが、これはある人物をどういう瞬間にどういう角度から描くか、という話です。私小説の「私」もまたこういった「描かれ方」を通じて姿が浮かびあがってくるんですね。

『鼻に挟み撃ち』に出てくる「私」をとりあえず、文芸理論っぽく「含意された作者」（インプライド・オーサー）と呼んでもいいんですが、まあ、ともかく、この小説は書くことができない苦境に陥った作者がいかに書けるようになったかという過程そのものを描いた小説であると見ることもできる。その結果が、おそらくいとうさんのこれまで書いたいろんな小説の中でも特に輝かしいものになったわけだ。ただ、そこにいきなり行く前に、「今井さん」という、これまた少々変な短編の傑作があったことも見逃してはならない。これは「テープ起こし」という、普段日の当たらない仕事をしている人に焦点を合わせたもので、普通、テープ起こしというのは、原発言者の言ったことを忠実に再現すると考えられていますが、じつは起こした原稿に様々な他者の声が複雑に入り込んでこざるを得ない、という衝撃の事態を浮き彫りにしています。小説における声が「多声的」（ポリフォニック）で、様々な声がせめぎ合っていることをドストエフスキーの小説などに即して示したのはミハイル・バフチンというロシアの文芸理論家ですが、いとうせいこうの「今井さん」はその先に行っている。ここで示唆されているのは「単一」の声であるはずのものが、じつはいかに多くの声によって構成されているか、というポストモダン的事態だからです。

いとうさんが小説を再び書けるようになったのは、この辺の事情と関係しているんじゃないだろうか。つまり作家というものは独創的で、他の誰も書いたことがないようなものを常に創造しなければならない、という強迫観念が昔は（まあ、たとえばロマン主義の時代には）あったとしても、ポストモダンの時代を生きるわれわれは、もうそういった独創性の神話からは解放されなければならない。すべてはもう書かれているんだから。作家にできるのは、すでに存在し、散乱し、雑多ながらくたのように浮遊している様々な素材をかき集め、その中に面白いものを見つけ、サンプリングし、アミダクジ式につなぎ合わせ、それでも何か新しい自分のものができるとしたらそれは何なのか、やってみることだけじゃないのか、というわけ。

おそらくその種のことを、文学理論を突き詰めてではなく、生まれ持った資質と生きてきた歴史的状況を通して直観的につかみとったのが、後藤明生という作家なんですね。大のロシア文学びいきであった後藤さんは、ゴーゴリの傑作『外套』を踏まえ、その舞台を一九世紀ロシアの大都会ペテルブルグから、一九七三年の東京は御茶ノ水駅前の雑踏に移し、自分の外套をめぐる逸脱につぐ逸脱の物語に書き替えました。それは妙に古風な私小説的要素を濃厚に残しながら、同時に超前衛でもあった。

いとうせいこうさんは、その上に自分の作品を積み上げた。この辺の事情については、作家本人の解説を借りることにしましょう。彼は後でこう言っています。

私は特にこの「ゴーゴリ『外套』×後藤明生」という構造を「ゴーゴリ『鼻』×後藤明生『挟み撃ち』×自分」という重層化した形式で『鼻に挟み撃ち』という中篇を書き、おかげでご家族から二代目後藤明生を名乗ることをなぜか許された身であるから（いとうせいこう、という名前がもともとちょっと似ているという冗談から始まったことだ）実感的にわかることがある。（『後藤明生コレクション4』国書刊行会、二〇一七年、解説より）

ちなみに「ごとうめいせい」と「いとうせいこう」という名前が似ているということのついでに、『鼻に挟み撃ち』というタイトルの〈ハナニ・ハサミ〉の部分にもちょっとした語呂合わせみたいなものが仕掛けられている感じがすることを指摘しておきましょうか。「HanAnI HasAmI uchi」とローマ字で書いてみるとわかりやすい。

でもいとう作品を複雑そう、と敬遠する必要はありません。確かにこれは高度に「文学についての文学」ではあるのですが、不思議と前提になる文学作品をきちんと読んでなくったって、楽しめる。ポストモダン的世界というのは、名作の価値体系や秩序をいったん「ちゃら」にしたところから始めるんですから。だから、Жさん、あなたは後藤明生を読んだことは多分ないでしょうし、ゴーゴリにいたっては名前さえ聞いたことがないかもしれないけれど、心配することはない。いとうせいこうの作品は楽しめる。ものすごく、ね。それで興味を持ったら、後藤明生、さらにはゴーゴリへとさかのぼって読んでほしいなというのが、教師としての私の期待ですけれども。

で、『鼻に挟み撃ち』という作品は、結局のところ、いったい何なのか。もうそろそろ話を切り上げて、次の授業にいかなくちゃならないので、これもまたある批評家の書いたことを引用して済ませておきましょう。

いとうせいこうの中編「鼻に挟み撃ち」（『すばる』）は、後藤明生の名作「挟み撃ち」を踏まえ、後藤へのオマージュを捧げながらも、後藤が踏まえているロシアの作家ゴーゴリ（特に「鼻」）の世界にも入りこむ。舞台は現代の御茶ノ水駅前の雑踏から、一九世紀のペテルブルグの間を自由に行き来し、語り手も駅頭で演説する男と、作者自身の分身とおぼしき人物と、後藤明生その人との間で融通無碍に入れ替わり、一九七三年の「挟み撃ち」の後藤と二〇一三年の「私」（＝いとうせいこう）が重なり合って区別できなくなる。そして、いとうせいこう自身の私小説的な回想を読んでいるうちに、読者はいつのまにか世界文学の波打ち際に越境している、といった風なのだ。「わたしたちはこの鼻の喜劇から逃れようがない！」という結末は、さまざまに解釈できるが、自分と世界の「挟み撃ち」にあった作家の存在様式を端的に言い表したものと私は読んだ。（沼野充義、文芸時評二〇一三年一一月、東京新聞他掲載）

なるほどねえ、「世界文学の波打ち際」か。この沼野さんとかいう文芸時評家、どちらかといえば凡庸で、常識的なことしか言わないイメージがあるんですが、これはなかなかいい。Ж さん、だからね、ともかくいとうせいこうを読んでごらん。そうすればきっと、あなたも何か書きたくなる、書けるようになるから。だって、人がものを書きたくなるのは、結局、何かを読んだからでしょう。あの後藤明生さんも、ちょっと人を煙に巻くような言い方ですが、「なぜ小説を書きたいのか」という問いに対しては「小説を読んだからだ」って常々答えていました（例えば後藤明生『小説——いかに読み、いかに書くか』講談社現代新書、一九八三年）。煙に巻くと言えばね、後藤さんはヘビースモーカーだったそうですが、私が一度だけ、晩年にお目にかかったときは、新宿の飲み屋でしたが、大病の手術をしたあとで、すっかり禁煙してしまい、私を煙に巻くこともなく、楽しくおしゃべりをしたなあ。Ж さんも今度、ああいうお店に連れて行ってあげようか。

**（小声ながらもきっぱりと「いえ、けっこうです」）**

（二〇一七年一〇月二二日、T大学Xキャンパスにて。録音の文字起こし担当＝鵜殿）

（ぬまの・みつよし　ロシア文学研究家）

本書は、二〇一四年五月、集英社より刊行されました。

初出
今井さん　「すばる」二〇一二年三月号
私が描いた人は　「文藝」二〇一二年夏号
鼻に挟み撃ち　「すばる」二〇一三年十二月号
フラッシュ　「すばる」二〇一四年五月号

「鼻に挟み撃ち」中のゴーゴリの引用は、岩波文庫版『外套・鼻』（平井肇訳）を底本としました。

JASRAC　出1712902-701

集英社文庫

鼻《はな》に挟《はさ》み撃《う》ち

2017年11月25日　第1刷　　定価はカバーに表示してあります。

著　者　いとうせいこう
発行者　村田登志江
発行所　株式会社 集英社
東京都千代田区一ツ橋2-5-10　〒101-8050
電話　【編集部】03-3230-6095
【読者係】03-3230-6080
【販売部】03-3230-6393（書店専用）
印　刷　大日本印刷株式会社
製　本　ナショナル製本協同組合

フォーマットデザイン　アリヤマデザインストア　　マークデザイン　居山浩二


ISBN978-4-08-745663-9 C0193